快訊
地鐵發生事故
千鈞一髮……化解危機的是神秘男子？
東京都內
下午4時左右
乘客是——
幸好有他伸出援手，
我才總算逃過了一劫。

要是這時候逃跑，
我今後的人生
只會剩下無盡的後悔。
我並沒有
崇拜著正義的英雄。
像我這種人不可能成為英雄。
但是……
誰有辦法眼睜睜地看著
無辜的人在無從反抗之下死去啊！
我抱著視死如歸的堅定決心，
站到那個女孩子的前面。

「咦？你是……？」

我玩的手遊難度很高，
連喜歡音遊的人都很少在玩。
所以我原本以為不可能遇到有在玩的人，
但沒想到就近在身邊。
有同好果然最棒了。
「話先說在前頭，
我可是精通這款遊戲，
才不會輸給你呢！」
友里像個小惡魔一般，臉上揚起一抹壞笑。

九條 雛海 Kujo Hinami
涼在地鐵上拯救的美少女。
映在電視上的容貌被譽為「千
年一遇的美少女」，就此出名。
佐佐波 友里 Sazanami Yuri
涼的音遊朋友。個性開朗直爽，
交際能力非常強。

古井 小春 Koi Koharu
一反可愛的長相，是個重度虐待狂。不知為何察覺到涼的真實身分……
慶道 涼 Keido Ryo
無法坐視有人遇難的老好人。真實身分是在地鐵上打倒隨機殺人魔的英雄。

Vol.1

CONTENTS

在地鐵拯救美少女後默默離去的我，成了舉國知名的英雄。

1

水戸前カルヤ
插畫 ひげ猫

Kadokawa Fantastic Novels

序章

二月上旬某天，我——慶道涼人生首次高中入學考試終於在剛才落幕，現在正在地鐵的月台等待回程的電車。

我的第一志願是私立時乃澤高中這間前身為貴族女校的完全中學。這間高中名氣響亮，很多政治家和大企業老闆的女兒都就讀這裡。而菁英雲集的這所學校，從我入學的這一年起變成男女合校了。

不只是每年有許多考上頂尖大學的優秀學生，設備也很完善。

正因為具備日本一流的學業能力與學習環境，無論如何我都想要考進去。

話雖如此，只有神明才知道結果，再怎麼祈禱都難以改變未來。

在結果出來之前，忘掉考試的事情吧。

今天就別去其他地方閒晃，早點回家好了……

才剛這麼想完，我打算搭乘的地鐵列車就一邊發出「嗶～！」這種強烈刺激耳膜的警鈴聲，一邊進站了。

列車靜靜停下並開啟車門後，我立刻跳進車內。

車內比想像中還要少人，到處都有空位。我在其中一個座位重重地坐下，渾身癱軟了下來。

真的好累……之前念書所累積起來的壓力，再加上考試當天的緊張和壓迫感，我的體力幾乎要見底了。

距離抵達最近的車站還有一段時間，稍微補個眠吧。

我準備闔上眼皮，讓自己陷入深沉的睡眠當中。

這時，有個可愛到不行的少女在對面的座位坐下來。

她的睫毛很長，搭配一雙圓溜溜的可愛大眼睛。苗條的身材、白皙的肌膚和滑順的黑長髮醞釀出清新脫俗的氣質。除此之外，該有肉的地方相當豐滿，該瘦的地方也很緊實。

而且那身制服……

是時乃澤高中的國中部。但為什麼會在這種時間出現？

社團活動應該因為入學考試而取消了吧。

不過話說回來，這個女孩子……

她的長相比起模特兒也毫不遜色，超級可愛的……不，坦白說，她甚至比知名模特兒還要可愛。

雖然我想要多欣賞一下，但實在是有點累了……

車內暖氣很強，對疲憊的身體來說，這種暖洋洋的環境是最舒服的。

糟糕，眼皮自然而然地變重了。

我的視野逐漸模糊，最終——

陷入了深沉的夢鄉。

手上還握著媽媽送的金榜題名御守……

如此這般，我的高中入學考試在今天劃下句點。

接下來就看會不會收到錄取通知書了。只能抱著緊張的心情等待結果。

明明理應如此……

不料卻在我睡覺的時候發生那種事情。

誰想得到考試結束這天，會碰巧遭遇地鐵隨機殺人魔呢？

在地鐵拯救美少女後
默默離去的我，
成了舉國知名的英雄。

第一話

求救聲

我累得睡著之後，大概經過二十分鐘左右——

周遭的聲音不知為何很刺耳，我便被吵醒了。

怎麼了？是小孩子在哭鬧嗎？還是有奇怪的老爺爺在唱歌？

我抬起沉重的眼皮，看了一下周遭的情況……

率先入眼的是拚命在逃離什麼的人們。即使我剛睡醒，也馬上就察覺到這顯然很不正常。

我看向逃跑中的人們，發現他們臉上都流著冷汗，竭盡全力往車頭跑去。

到底是怎麼了？發生什麼事了？

我本來完全搞不清楚狀況，但一個中年男性上班族發出叫喊後，我終於理解過來了。

「有隨機殺人魔啊啊啊！大家快逃！」

聽到隨機殺人魔這個字眼時，我忍不住懷疑自己是不是仍在睡夢當中。

我試著捏了捏臉頰，還滿痛的。無論捏幾次，每次都會痛。

咦……所以說，這不是夢嗎？

我意識到這不是夢境，而是現實世界。

這一瞬間，我立刻從座位起身，跟著人潮衝向車頭。

彷彿被濁流沖走的枯葉一般，我什麼都沒思考，只顧著往前狂奔。

途中回頭一看，就看到還有好多人跟在我背後逃跑。

但是，最後方有個男人拿著三十公分長的利刃，左右搖晃地朝這邊走過來。

隱約看得出來那把利刃前端沾著少許鮮血。想必是砍過幾個人了吧。

男人有一頭蓬亂的頭髮和細瘦的外表，臉上還帶著不懷好意的笑容。

他是怎樣……那根本是快樂殺人犯啊！

不妙，現在這種情況很不妙！真的很危險！

一定會有人幫忙通報，警察和站務員很有可能已經在下一站等待了。

但是，這段空檔該怎麼辦才好？

誰來阻止那個快樂殺人犯？

車內是密閉空間，行駛中沒辦法出去。在抵達下一站之前，我們能做的事情只有往車頭跑而已。

混帳！快點開到最近的車站啦！

為什麼要在我下車之前做這種事啊？

可惡！考完試當天就死掉未免太衰了吧！

我還有非常多想要嘗試或體驗看看的事情耶！

我絕對不要死掉！

正當我一邊咬牙承受不可理喻的命運，一邊全速逃跑之際──

「呀啊！」

前方傳來女性的尖叫聲。我循著聲音看過去，發現剛才那個坐在我對面的美少女跌倒在地，正用手撐著地面。

看來她是在逃跑的時候摔跤了。同時在逃命的人們似乎接連撞到她的膝蓋和腳，導致她一直站不起來。

我用眼角餘光看著這一切……

坦白說，我無能為力。

她並不在我觸手可及的位置。就算她離我很近，我也沒有辦法逆著人潮向她伸出援手。

我沒有朝她出聲，就這樣轉頭面向沒有隨機殺人魔的車廂。

不，我是視而不見，直接跑掉了。

現在的我，就算被稱為人渣也不奇怪。

當我正在想著這種事情時——

「不、不要……你別過來……住、住手……」

她那嚇得發抖的嗓音緊緊揪住了我的心。我反射性地回頭一看，發現隨機殺人魔正帶著令人毛骨悚然的笑容站在她面前。

鋒芒閃爍的利刃，在我眼中就是死神拿在手上的鐮刀。不對，不只是我，在那個女孩眼中應該也是如此吧。

面對隨機殺人魔，她的眼眶湧出大量淚水。

「不、不要……我還不想死……」

用顫抖的嗓音擠出最後一絲力氣，她這麼說道。

「……誰、誰來救救我！」

聽到求救聲的同時，我的身體不可思議地停住了。

她的聲音一直盤桓在我耳際，始終不離去。

混帳……混帳！這個混帳東西！

為什麼會在考完試當天剛好遇到這種糟糕透頂的場面啊？

其實我很想逃啊！想逃得比誰都快！

即使我去救她，無傷而返的可能性也絕對很低！

根本和特地去送死沒兩樣！

可是……可是……

要是這時候逃跑，我今後的人生只會剩下無盡的後悔。

那個女孩子應該也有重要的家人和朋友，以及想做的事情和夢想。

一定是這樣……絕對是這樣的。

停住，別逃了，去救她吧。

我已經不想再經歷那種事了。

既然沒有人要救她……

就只能由我去了吧！

我下定決心後，背對倉皇逃竄的人們，拔腿往那個女孩子的方向衝過去。

周圍的人們一定都覺得這麼做簡直是特地去送死吧。

我自己當然也很清楚。

我並沒有崇拜著正義的英雄。

像我這種人不可能成為英雄。

但是……

誰有辦法眼睜睜地看著無辜的人在無從反抗之下死去啊！

我抱著視死如歸的堅定決心，站到那個女孩子的前面。

「咦？你是……？」

沒料到我會出現，那個女孩子不由得喃喃說道。

「咯、咯、咯！」

看到我出現，隨機殺人魔不僅沒有感到困惑，還發出詭異的笑聲。

我一點都不想看到無差別殺人犯的笑容好嗎？混帳。

「啊哈哈哈哈！」

男人怪叫起來，並筆直地舉高右手的利刃。

面對這種情況，我不可能沒有緊張或恐懼的感覺。

我快嚇死了，內心充滿害怕。

可是，我在這時候逃走的話，背後的女孩子鐵定會死掉。即使轉身逃跑，今後的人生也會一直活在後悔之中。我才不想變成這樣。

我絕對不會逃……

在男人揮動利刃前，我一瞬間往後瞥去，朝那個女孩子說：

「妳趁現在快逃。我會想辦法解決，不用擔心。」

聽完這句話，那個女孩子立刻帶著淚水站起來，往車頭的方向逃走了。

隨著她的腳步聲漸行漸遠，我稍微安下心來，鬆了口氣。

不過，做這種事情也阻止不了隨機殺人魔的殺戮行為。他反而還喘著粗氣，看起來有點興奮。

「呀哈哈哈哈！」

他打算猛力揮下舉高的右手。成年男性的腕力配上那把利刃，完全足以對目標造成致命傷。要是遭到擊中，就會因失血過多而死亡。毫無疑問會死。

乍看之下，我壓倒性地處於下風。就算說幾乎毫無勝算也不為過。

但是，這畢竟只是指一般人的情況。

即使存活率近乎於零，碰上我說不定也有機會提升個幾％。

我念國一的時候，出於某種原因而學過武術，所以具有一定程度的格鬥經驗，也多少習慣應付拿著武器的對手——因為師父以前都是一手拿著木刀，狠狠地敲打我一頓——不用說，被打到可是痛得不得了。正因如此才要觀察對手的動作，仔細思考後再進行反擊。師父教我學會這個步驟。

在這個狀況下，我不知道自己能不能發揮過去的武術經驗，但只能仰仗看看了。

我緊張得流下冷汗，感覺像在暗示他這是出手攻擊的好機會。

嗖！

我耳邊清晰地傳來劃破空氣的聲響。對方拿的是長達三十公分的利刃。這個距離下即使後退，依男人的手臂長度來看，說不定還是砍得到我。

既然閃躲也有可能被砍到，那就只能這麼做了！

啪！

我沒有後退，而是用左手使勁握緊隨機殺人魔拿著利刃的右手腕。

不對，應該說成功抓住了吧。男人揮下右手的同時，我也伸出左手，在利刃砍中我之前抓住他的手腕。

「你！」

我面前的隨機殺人魔焦躁了起來。這個男人身材細瘦，看那憔悴的臉色，就知道他平時飲食不正常。

人一旦消瘦，肌力理所當然地會衰退。

我正處於第二性徵發育的時期，憑腕力要阻止他的右手綽綽有餘！

「啊啊啊啊啊啊啊啊！」

隨機殺人魔的叫聲響徹只有兩人的車廂內。但就算他吼叫，情勢也不會就此逆轉。

我進一步用力握緊男人的右手腕。

像這種製造麻煩，還試圖濫殺無辜的傢伙，可不能輕易饒過。我一定要把他送進監獄反省！

我將他的右手往後拉，打算順勢揍他一拳。

這時，男人為了防禦我的攻擊，伸出左手擋在前面。

很好！他上當了！

隨機殺人魔戒備著我的右拳，注意力都放在那裡。

但遺憾的是，我一開始就不打算使出這一記拳頭。

而是右腳才對！

當隨機殺人魔正在提防右拳之際，我抓住這個破綻，朝他的腹部狠狠踢了一腳。

腳力可是遠比腕力要強得太多了！

「噢嗚！」

面對意料之外的攻擊，隨機殺人魔還沒搞清楚是怎麼回事就即將摔倒在地。

不過，我可沒有天真到會放任他就這樣摔倒。

踹向隨機殺人魔的肚子之際，我的左手牢牢抓著他的右手腕，並沒有放開。

我直接以左手將快要摔倒的男人用力往前一拉，強行將他的重心從後面移轉到前面。

與此同時，我的右拳再次使勁，往前揍出去。

因為是被我硬拉過來的，男人來不及防守，顏面吃了一記我的右拳。

砰——！

隨著一道脆響，這次男人直接被我揍飛到後方。

他握在手上的利刃也在這時候朝後面車廂猛飛而去。

從那個距離來看，他應該再也拿不回來了。

「嗚、嗚……」

儘管腳步踉蹌，隨機殺人魔依然站了起來。不過，他剛才那股殺氣消失無蹤，看起來反倒有點脆弱。

畢竟是在極近的距離下捱了一腳又一拳，不可能安然無事。

「啊、啊啊啊啊……」

隨機殺人魔搖搖晃晃地站起來，彷彿與他連動一般，電車也停下了。

抵達車站後，車門開啟的那一剎那——

我揮出右拳狠狠打在隨機殺人魔的左臉頰上，把他揍飛到車門那邊。

「嗚啊！」

男人就這樣飛到電車外，倒在月台的地板上失去意識。

儘管閒置了好一段時間，但看來拳頭的威力並沒有減弱。

憑著兩記拳頭和一記踢擊，總算是打贏了。

可怕歸可怕，我還是撐過了危機。

我從倒在地上的隨機殺人魔旁邊走過去，混進一齊逃竄的其他乘客中，往驗票閘門的方向前進。

我累了，肚子也很餓。要是跟警察自報身分，說隨機殺人魔是我打倒的，不知道什麼時候才能回家。我才不想在這麼寒冷的晚上被強制留下來。

趕快回家吧。

我混在其他乘客之中，就這樣離開車站，往自家走去。

雖然我在回家路上發現金榜題名的御守掉在車廂內某處，但就算了吧。現在回去拿有夠麻煩的。

我真的很累了……

◇◇◇◇

隔天早上——

我來到一樓打算吃早餐。望向客廳的電視後，我整個人不禁僵在原地。

因為畫面上正映著「地鐵隨機殺人魔犯下無差別暴行事件！究竟是怎麼回事？」的文字。

昨天的隨機殺人魔上新聞了。大眾媒體當然不可能忽視這件事吧。

在電視上播出也不奇怪。不過，大概引發不了太多討論吧。

雖然我是這麼想的，實際上卻大錯特錯。

我轉了好幾台，每個節目都在播放地鐵隨機殺人魔事件相關報導。

幾乎所有晨間資訊節目都在大篇幅報導那樁事件。

不只是電視，社群媒體也熱絡地討論著這個話題，還登上了早晨的流行趨勢。

但畢竟事情都過去了，應該跟我無關吧。那個美少女想必也有獲救。

媽媽和妹妹已經在吃早餐，我就跟著她們一起吃了起來。

我背對電視坐著，所以看不到畫面，只聽得到聲音。

從聽到的內容研判，似乎沒有人死亡。儘管有幾名輕重傷者，但每個人都沒有生命危險，目前正在醫院休養。

真是太好了。

考試結束了，隨機殺人魔也落網，這樣事情就告一段落了。

正當我這麼想時，耳邊傳來男記者的這種採訪內容。

『那麼，這次特別採訪到差點遭到隨機殺人魔攻擊的國三生九條同學。謝謝妳特地撥出時間接受採訪。』

『不、不會，您不用在意。』

『非常感謝。我們馬上進入正題吧，聽說妳差點遭到隨機殺人魔攻擊，請問當下是什麼樣的情況呢？再來，妳是怎麼成功逃脫的呢？』

『是的，我因為太過害怕而跌倒，來不及逃跑。隨機殺人魔逼近我眼前時，有個男學生救了我。他站在我前面，讓我有時間逃走。幸好有他伸出援手，我才總算逃過一劫。』

『這樣啊，原來出現了那麼勇敢的少年。』

『是的，他當時對隨機殺人魔又踢又打，漂亮地打倒了對方。站務員和警察趕來的時候，隨機殺人魔之所以失去意識，就是因為那個男學生已經打倒他了！』

『哎呀～這可是會成為那個學生這輩子最英勇的事蹟呢，根本是超級英雄嘛。』

『是的，我也這麼認為！』

『雖然很想聽聽超級英雄的說法，但好像沒有多少人看見他吧？』

『對，他並沒有留下名字，就這個樣子混進人群中，消失無蹤了。而且我也沒有看清楚他的長相，坦白說要找到本人應該很困難。所以我想透過這個採訪，向當時對我伸出援手的他說聲感謝！』

『這實在好浪漫啊～她的心意究竟有沒有傳達給對方呢？』

「噗！」

我忍不住猛力噴出了含在口中的茶。

聽到這種內容，當然會噴出來啊……

單從採訪內容聽起來，是連我的事情都變成新聞了吧？

我轉頭看向電視，發現昨天那個女孩子出現在電視畫面上。

真、真是不敢置信，竟然有這種奇蹟？

我慌亂得開始流下冷汗之際，正在看新聞的媽媽和妹妹開口了。

「最近發生好多這種事，我都不敢在外頭走動了～真的很嚇人啊～對了，涼，幸好你沒受到波及。以時間點來說，你應該搭到同一班電車吧。」

「沒、沒啦～我搭的是上一班電車，所以沒事。」

當然是騙人的。我只是當即撒了個謊，假裝不感興趣。

如果我坦承自己就是登上新聞的超級英雄，事情會變得很麻煩。反正她們八成不會相信我的說詞。

「我朋友剛好在那班電車上，情況好像超危險的喔。這個男學生也實在太帥了吧？」

地鐵隨機殺人魔
犯下無差別暴行事件！
事件當中受害的女國中生
他並沒有留下名字，就這個樣子

念國一的妹妹美智香雙眼綻放晶亮光芒，朝坐在旁邊的媽媽這麼說道。

「是呀～沒想到有這麼勇敢的孩子呢，簡直太帥了～真希望我們家的爸爸和兒子也能向人家學習一下。」

「就是說嘛～換作是我的話，早就被迷倒了。」

從女性的立場來看，上新聞引發話題的男學生似乎相當帥氣的樣子。

話說……她們兩個剛才提到的男學生，不就是我嗎？

第二話

我被全國捧為英雄，而那個美少女則是……

發生隨機殺人魔事件之後，過了一週左右——

我本來以為事件會在這麼長的時間中逐漸風化，但反而變成熱門話題了。

採訪時映在畫面上的那個女孩子，在網路上的論壇網站引起不得了的熱議。

「太可愛了！好想娶她當老婆喔！嫁給我吧！」

「時乃澤的學生水準太高了吧？笑死。」

「這不是超正的嗎？比電視上的模特兒還要可愛太多了。」

出現許多諸如此類的留言，大受網友們喜愛。再加上她接受採訪時的照片美得驚為天人，所有社群媒體都在瘋傳。

結果那個美少女就在一夕之間爆紅了。

不過，她確實長得很可愛，我明白大家的心情。

網友們給她取了封號。

那就是……

「千年一遇的美少女」。

這個封號太過震撼，聽了會忍不住再複述一次。

而且封號不止這一個。

「降臨凡間的天使」。

「全日本美少女聯盟代表」。

連莫名其妙的外號都出現了。

這是什麼情況啊……

據說這些網友們被她的純真心意打動，到現在都還在死命地搜索拯救她的男學生，也就是我。

然而，我的相關資訊有跟沒有一樣。雖然有幾個人目擊過我，但我在制服上套了一件厚重的大衣，分辨不出是哪間學校的學生。

不僅沒有照片，就讀學校也不明。唯一的線索是在那個車站下車，然後混進人群中消失了。大概只有這種程度而已吧。

就算網路肉搜小組再怎麼厲害，也沒辦法憑這一丁點消息找到本人。

即使如此，社會大眾對我懷抱的期待還是越來越高。

幾天前，我用「隨機殺人魔事件　男學生」這組關鍵字來自搜後，絕大多數都是這種意見。

「救人的男學生太勇敢了，令人尊敬。」

「沒留下名字也有點帥耶，簡直是英雄。」

「救了這麼可愛的女孩子真是太神了。做得好啊，超級英雄！」

為什麼連我都……

而且有一部分人到處散布假消息，說男學生又高又帥。

到底是誰在擅自美化我啦……

我是中等身高，長得也不帥。

現在受到社會大眾如此高度的期待與美化，要是我自報身分會怎麼樣？

光是想想就覺得毛骨悚然。

我一點也不想出名，只求能過著極其平凡的生活……

如果將來能夠就讀不錯的大學，然後任職於不錯的企業，這樣就很好了。

但只要我自報身分，一定會一直受到周遭人們期待。

而我今後就必須不斷回應他們的期待。

我不希望往後的人生都浪費在對抗壓力上，沒打算特地做出這種讓人生變得更加艱辛的事情。

再說……我國一的時候，沒能保護重要的好友不受其他人霸凌。

那傢伙飽受煎熬之際，我卻無法伸出援手……

所以，像我這種人根本沒有資格稱為英雄。

沒有保護好重要的人，這樣的我怎麼可以受到周圍人們尊敬？

我在內心堅定地如此發誓。

——絕對不要自報身分。

沒錯，這樣就好。我不需要特意做出引人注目的事情。那個女孩子的感謝之情已經確實傳遞給我了。

為了度過安穩的校園生活，並且讓今後的人生過得多采多姿，我用盡一切手段也要將自己的真實身分藏到底。

一定要避免引發危機而暴露真實身分，導致今後的人生變得更艱辛。

假如快要遇到危機的時候，無論如何都要躲掉。

絕對！

在我決定隱藏真實身分之後，一眨眼就過了兩個星期。時間的流動真是不可思議。這段自由上學的期間，我只是一直在家耍廢而已，沒想到這天這麼快就來臨了……

沒錯，今天二月二十七日，是時乃澤高中公布榜單的日子。

我從昨天晚上就緊張得睡不著覺。再加上沒辦法上網查榜單，必須特地在一大早出門才行。

害我有點睡眠不足……

為什麼明明是資訊社會，卻用傳統的方式公布榜單啊……

我帶著幾絲煩躁，獨自走在車站通往時乃澤高中的直路上。

雖然現在還很冷，但進入春天後氣溫會升高，這條直路就會到處可見櫻花綻放。

我想要以閃亮亮的高一生的身分，來往於被盛開的櫻花染成一片粉紅色的這條路。

當我在思考這種事情時，不知不覺就抵達時乃澤高中了。

正門前擺著「榜單由此前往」的立牌。我跟著指示走，便看到一張巨大的紙醒目地貼在鞋櫃區。

紙上密密麻麻地寫著正取生的准考證號碼。

決定命運的時刻來臨了。可以聽到無數為結果感到歡喜或哀嘆的聲音此起彼落。

我不理那些聲音，從紙張的右端依照順序查看有沒有我的准考證號碼。

糟糕……這很令人緊張啊。

在心跳逐漸加快之際，我發現了某組數字。

這一瞬間，我的心臟差點停止跳動。

報考倍率是驚人的五倍（註：指每五人只錄取一人），搞不好比考大學還要難。雖然是如此驚人的高中入學考試，我的准考證號碼依舊清楚地登在上面。

也就是說，我考上時乃澤高中，下個月起就可以在這裡上學。

成功了……我錄取了……

我確切感受到自己上榜的事實。

「太棒啦————！」

這聲歡呼不自覺地脫口而出。

順利獲得錄取後，我去事務室拿入學相關文件，接著便離開了時乃澤高中。

我只剩下一個任務，就是把這些文件完好無損地帶回家。

將文件收進書包後，我走在剛才那條直路上，這時有一棟建築物吸引住我的視線。

「咦……這種地方有二十四小時營業的電子遊樂場啊？」

我之前都因為緊張和不安而沒有仔細看周遭，直到現在才發現這條將高中和最近車站連結起來的直路上有電子遊樂場。

「反正都錄取了，就進去玩一下犒賞自己吧。」

我就這樣踏進電子遊樂場，走到音遊區。我有一段時間是真的玩得很透澈，但為了考試就遠離了一陣子，不知道手感有沒有生疏？

我站在一台叫做Maimaro，長得很像滾筒式洗衣機的音遊街機前面，立刻開始遊玩。

音符接二連三地出現在圓形畫面上，我跟著節奏拍打。

哎呀～果然很令人興奮。跟考試前比起來完全沒有變。太棒了～超好玩的！

我不斷把一百圓硬幣投進遊戲機，一個人玩得既開心又熱血沸騰，連花了多少錢都搞不清楚。

或許是對我感到好奇吧，在隔壁玩遊戲機的人——

「哦～你很厲害耶！」

就這樣從旁向我搭話了。

突然有人跟我說話，我轉頭一看，發現是個一身便服打扮的女生站在那裡。

她有著偏藍色的長髮和苗條緊實的體態，再加上身高在一百六十五公分到一百七十公分之間，以女生來說很高，臉又小，身材遠勝其他人。而且胸部也滿有料的。

乍看之下，她應該跟我年紀差不多。

要是不理她一定會很尷尬，隨便回幾句話吧。

「其實我算是老玩家了。」

「原來如此～你玩很久了啊。我從小學第一次接觸到音遊之後，就整個沉迷到不行了！」

真意外。這個人看起來就是個現充，沒想到會熱衷於音遊。

「你真的好強喔～幾乎沒有失誤嘛。我要全接很難耶～」

「一開始大家都是這樣吧。習慣後很快就能全接了。」

「咦～真的嗎？我已經猛玩這個遊戲將近兩年了，但一直擠不進全國排行榜前幾名。有個超強的高手獨占了前三名耶～不覺得很厲害嗎？」

「是、是喔～有那麼強的人啊……」

啊，那是我。絕對是我。

我運用回家社的特權，有一段時期放學後都在玩音遊。儘管一開始在排行榜外，但慢慢練起來後，不知不覺就進步到足以獲得音遊大師的稱號了。

這件事就不用說出來了吧。我又不喜歡炫耀。

「雖然我是休閒玩家，沒有很在意排行榜。不過這個世界存在著很厲害的人呢～」

「畢竟日本有一億以上的居民，當然也會有高手啊。啊，我好奇問一下，妳都是一個人玩音遊嗎？」

「嗯，基本上都一個人吧～」

「也是啦，畢竟玩音遊的女生很少。」

「沒錯！就是這樣～大家都不玩音遊，所以我沒什麼同好。雖然拍大頭貼也很好玩，但還是想要興趣相同的朋友啊～拜託耶誕老人就交得到嗎？」

「要是跟耶誕老人說想要同好，爸媽應該會大哭吧……」

我的表情不禁僵住。

話說回來，她的髮色是天生的嗎？再怎麼說都不可能吧。她看起來也不像混血兒或外國人。

當我下意識地凝視起那頭美麗的藍色長髮之際——

「啊，你對我的髮色很好奇嗎？我就讀的學校沒有嚴格的校規，染髮完全沒問題喔！所以才會染成這個髮色。欸！我今天沒其他事，來對戰吧。」

「咦，對戰？」

我正在玩的這個音遊可以供單人或多人遊玩。不過，我已經很久沒有跟人對戰了。不知道身為音遊大師的技術會在經過考試之後退步到什麼程度？

「好啊，我也想跟妳對戰。」

「太棒了！哎呀～坦白說我今天超閒的～我的學校因為入學考試放假了。而且也沒有社團活動，我正覺得無聊呢～」

「因為入學考試放假？遇到放榜所以學校放假嗎？」

「嗯！今天是高中部放榜喔！不過我念國中部，可以直升高中部，考試結果跟我完全無關就是了～」

嗯？等一下。這一帶的學校還在今天放榜的，我只想得到時乃澤高中而已。更別說是完全中學……

「妳的學校該不會是時乃澤吧？」

「對呀！啊，不過你真會猜耶！」

「也沒有啦，我剛剛才去確認自己有沒有錄取，直覺上就往那裡猜了。」

聽到我這麼說，藍髮少女立刻睜大眼睛，驚訝得提高了嗓音。

「不會吧！真的假的？辛苦你了！結、結果怎麼樣？」

「如果落榜就不會來電子遊樂場了。」

「哇喔～！太厲害了！恭喜你！從今年就要變成男女合校，競爭很激烈耶，你真強！」

「我只是運氣比較好。」

「不不不！運氣也是實力的一部分喔～啊，那我們從四月起就是同學了呢！」

「要是在高中遇到請多指教。」

「當然嘍！哎呀～沒想到可以透過音遊交朋友呢～而且不知道為什麼，我覺得跟你不像是第一次講話。不過，那種事無所謂啦！快點！現在就把之前累積的考試壓力全都發洩出來吧！錢全部由我來出！」

「咦？這倒是不用啦。」

「沒關係、沒關係！我們開始吧！」

雖然我婉拒了，但還是敵不過藍髮少女的熱情，結果我的費用也一併讓她付了。

我抱著懷念的心情，和藍髮少女沉迷在音遊之中。

玩音遊果然很開心啊。媽媽應該還在家裡等我拿錄取通知書回去，但逛逛其他地方沒關係吧？

為了慶祝上榜，乾脆盡情玩一番吧！考試生活也要在今天劃下句點了！

如此這般，人生初次的入學考試迎來圓滿的結局。

四月起就要展開全新的學生生活，我有點興奮期待，不曉得會遇到什麼樣的人事物？

儘管這時候懷著這種想法，但後來我就知道了——

我的高中生活……根本是危機四伏。

第三話

立刻遇到危機

季節從冬天完全變成春天，入學季來臨。

我進入時乃澤高中的第一個不安，就是女學生多到令我感到畏縮，很擔心自己究竟能不能在這裡交到朋友。

我為了趕上入學典禮而離開家裡，剛剛才抵達正門，這裡到處人滿為患。有些學生在跟家長拍紀念照，也有些學生馬上就交到朋友，形成小圈圈。

不過，那些人幾乎都是女生。環視周遭，看到的絕大多數都是女生。

這間學校是歷史悠久的完全中學貴族女校，但從今年開始變成男女合校。

話雖如此，這裡依舊受到很多女生青睞，男女比例嚴重失衡。

一個班級的男生人數是個位數。

身為男生，有女生在當然很開心，可是達到飽和狀態的話，反而會令人退卻。

我決定去結交同性朋友，在顧好課業的同時，適度地享受青春。

當我正在思考這種事情時，在我附近交談的兩個女生的對話忽然鑽入我耳中。

「考上第一志願高中真是太好了！啊，對了，那個『千年一遇的美少女』就在這間學校吧？」

「沒錯！能看到真人不覺得很棒嗎？好想快點跟她成為朋友喔～真的很感謝那個幫助她逃離隨機殺人魔的男學生耶！」

「就是說呀～他可以說是本世紀最厲害的英雄了啦。會是什麼樣的人呢～？說不定長得超級帥的。」

「如果是帥哥就不得了了！換作是我一定會愛上他！」

「對嘛～！」

……驚嚇！

一聽到她們的對話內容，冷汗一口氣從我的額頭上流了下來。

那個事件已經過去好一段時間了，竟然還有人在討論啊？

不要擅自把我美化成帥哥啦。

實際上我絕對稱不上是帥哥，反而一點都不受女生歡迎，僅僅是因為我的眼神很可怕。

要是這些女孩子知道我就是那個英雄……

「咦？你、你就是那個男學生啊。這、這樣喔～很榮幸見到你……」

「我、我也是……但似乎跟想像中的不太一樣……」

她們一定會說出這種話吧！

光是想像對方一臉幻滅的表情，心裡就一陣難受！

為了度過平穩的校園生活，我要保持安靜低調。

再次立下這個決心後，我在到處都是女學生的正門勇往直前，拿到了班級分配表，接著就這樣走向即將舉辦入學典禮的體育館。

體育館有點遠，早點過去比較好吧。

如此心想的我一路朝體育館走去。

這時，咚的一聲——

有什麼東西撞到了我的腳……不對，正確來說是膝蓋。

我反射性地看向腳邊，便發現有個淚眼汪汪，感覺隨時都會哭出來的小女孩。看起來大概四歲左右。

是說，她怎麼會一個人？而且還一副想哭的模樣。

「妳怎麼了？媽媽沒跟妳在一起嗎？」

還沒搞清楚情況，我便倏地蹲下身對她說話。

小女孩隨即張開小小的嘴巴，嘟嘟囔囔地說著什麼。

「……不見了。」

「咦？妳說什麼？」

我很慶幸她有回話，但聲音太小了，聽不清楚。無可奈何之下，我把一邊的耳朵靠過去，仔細聽小女孩說話。

接著，顫抖的聲音傳入耳中。

「媽媽不見了……我一直在找她，可是找不到。」

我清楚聽見她這麼說著。原來如此，這個小女孩是迷路了啊。

我站起來，環視周遭。沒有看到哪個大人正在拚命尋找小孩，老師們也都忙著引導學生和發班級分配表。

即使我丟下這個孩子，片刻之間也不會有人搭理她吧。真是沒辦法，距離入學典禮還有時間，我就陪她一下好了。

「妳要不要跟我一起找媽媽？」

「咦……？真的嗎？」

我這麼問也許讓她感到格外開心，小女孩用力抬起頭，用期待的眼神注視著我。

「嗯，我們先去教職員室看看吧。」

「教職員室……？」

小女孩歪著頭。

「就是有很多老師的地方，他們一定會幫忙尋找妳的媽媽。我們走吧。」

「……嗯。」

小女孩點了點小小的腦袋，就這樣跟我一起前往教職員室。

老實說，我並不知道教職員室在哪裡，但通常都在校舍的一樓才對。

隨便走走就會找到吧。

我的猜測精準地命中紅心，走進主校舍後，幾分鐘內就成功找到教職員室了。

在打開教職員室的門之前，我看向小女孩。

「這裡就是教職員室。應該有人在裡面，很快就能找到妳媽媽的。」

「……嗯。」

小女孩點點頭，我也在同時間使勁打開教職員室的門，往裡面走。

「打擾了，有個迷路的小女孩……嗯？」

我踏進室內——

可能是都去參加入學典禮了吧？教職員室裡幾乎沒有老師在，只有女學生和三十歲左右的女性。女學生轉過頭來，我和她對上視線。

奇怪，我好像有在哪裡見過她……不，比起那種事情，必須先安置好這個小女孩才行。

雖然不知道三十歲左右的女性是不是老師，總之先談談看吧。

我才剛這麼想，身旁的小女孩就立刻開口了。

「媽媽！媽媽在這裡！」

說完，她直直地衝向三十歲左右的女性。那位女性也像是與她的聲音連動一般，表情倏然一變，用力抱緊衝過來的小女孩。

「茉莉！妳跑去哪裡了？讓我好擔心啊！」

「對不起、對不起……」

小女孩在女性的懷抱中，本來忍住的淚水一口氣傾瀉而下。

原來如此。這位女性是小女孩的母親，為了找迷路的女兒才來到教職員室啊。

相擁十秒左右過後，女性靜靜地放開小女孩，朝我看來。

「是你陪她來到這裡的嗎？」

「啊，是的。她在正門那邊迷路了，我就把她帶來這裡。」

「這樣呀，真的很謝謝你，太感激了。」

「不會不會，這沒什麼大不了的。」

「茉莉，來。跟這位大哥哥好好說聲謝謝。」

剛才還在哭泣的小女孩一邊用手擦淚，一邊開口：

「大哥哥，謝謝你。」

她小小聲地向我道謝。

「嗯，以後不要再走散嘍？」

「嗯……」

小女孩點點頭後，母親就抱起她。

「也很謝謝九條同學，真是幫大忙了。」

母親向女學生點頭示意，就這樣走出教職員室。

好了，我已經達成使命，離開這裡吧。

正當我準備跟著那對母女離開教職員室時——

「那、那個！謝謝你帶迷路的小女孩過來，真的多虧了你的幫忙！」

聽到女學生這麼說，我自然而然地停住腳步。

說起來，剛才那個小女孩的母親有提到「九條」吧。

我好像曾在哪裡聽過這個姓氏，她的嗓音也不知為何聽起來很耳熟。不過，是在哪裡聽到的？

我疑惑地轉過頭，打算隨便回幾句話。然而再次將九條的長相看清楚的瞬間——
一股衝擊彷彿高壓電流一般，從頭頂到腳尖流竄過全身。
長長的睫毛、圓溜溜的可愛大眼睛、苗條的身材、白皙的肌膚、滑順的黑長髮。
再加上這道嗓音和九條這個姓氏。我想起來了。這個女學生……
不就是我從隨機殺人魔手中救下來的「千年一遇的美少女」嗎——！
咦——？她為什麼會在這裡？糟、糟糕！竟然在高中生活第一天就遇到了！
「請、請問……怎麼了？你看起來非常驚訝的樣子……難道是我的臉上有什麼東西嗎？」
不妙！這個發展來得太突然，一切都寫在我臉上了嗎？必須想辦法蒙混過去才行！
「不、不是啦～妳臉上沒有東西。只、只是……那、那個……」
「只是？」
「就、就是……那、那個啦！我在想妳怎麼會在這裡，還有妳和那個女孩子的母親在這裡做什麼？」
雖然是瞬間靈光一閃的藉口，但總算順利混過去了。
真是好險。因為她滿頭問號地盯著我看，我還以為已經沒救了。
「說得也是，一般都會覺得疑惑吧。我剛才正好在跟那位家長溝通。老師們都很忙，就

由隸屬學生會的我在這裡應對家長。其實我從國中的時候就加入學生會，老師們都會將這種工作交給我！」

「原來如此啊。是說，學生會？」

我忍不住複述了一次學生會這個字眼。

「是的。國三時擔任學生會長的人，可以在升學的同時成為高中部學生會的一員。所以我雖然是高一新生，但也是學生會的成員喔！」

「因為這樣，才會由妳來應對啊。」

「對，就是這麼一回事！」

我還在想學生怎麼會代替老師在這裡應對家長，原來九條是學生會的成員啊。而且念國中部的時候還擔任學生會長，太厲害了吧。

不對，那種事情怎樣都無所謂。最要緊的是，這也未免太湊巧了。

九條負責應對孩子走失的母親，而我將走失的孩子帶過來，我們兩個就這樣遇見了彼此。

神明這混帳……絕對是在跟我作對吧。

「那、那我走了，畢竟入學典禮快要開始了。」

正當我背對九條，朝教職員室的手把伸出手，準備離開之際……

「那個！」

九條再次出聲留住我的腳步。

「怎麼了嗎？」

我頭也不回地回問，九條則這麼說道：

「就是……我們是不是有在哪裡見過面？我覺得你的背影看起來很眼熟。」

咦……？

她發現我的真實身分了嗎？

不，等一下……我懂了，我當初救她時是背對著她的，所以她才會對我的背影有印象啊！

無論如何都要擺脫這個危機，不然真實身分會曝光的！

想要趕快離開這裡，又想要掩飾身分到底，被這兩種情緒給逼至絕境的我，明明還沒有整理好思緒，就轉頭這麼回答：

「哪、哪有～我們是第一次見面啦～絕對是這樣。妳一定是把我跟其他人搞錯了吧～啊哈哈哈哈哈！」

我的視線游移不定，冷汗直流。不管怎麼看都很可疑。就憑這樣不可能糊弄過去。

這次鐵定沒救了……我本來是這麼想的。

「說的也是呢，想必是我認錯人了。真不好意思！是我擅自誤會了。畢竟不可能那麼簡單就能遇到吧……」

她完全沒有發現。

九條的眼眸清澈明亮，毫不懷疑地看著十分可疑的我。

也許是對如此單純的女生撒謊讓我產生罪惡感，我直接開門逃出教職員室了。

對不起，九條，我對妳撒謊了。但社會大眾對我的評價這麼高，我不能隨便自報身分。

況且妳可是有「千年一遇」之稱的美少女。今後只要沒有在同一班，跟我就不會有交集。今天的交談絕對是第一次也是最後一次。

我就這樣頭也不回地前往體育館。

抵達體育館後，我在空的折疊椅上坐下來。座位順序似乎是隨機的。

看一下周遭，新生好像大致都到齊了。體育館的每一排座位都密集地坐滿新生。

竟然有這麼多高一新生啊。粗估至少將近三百人，但其中九成都是女生。

像這樣排列起來一看，果然還是有受到前身是女校的影響。

因為沒有說話的對象，我便決定睡個覺，直到入學典禮開始。

我閉上眼皮，準備小睡一下。

這時，有人從隔壁座對我悄聲說道：

「欸，你還記得我嗎？」

咦？怎麼回事？

我看向左邊的座位後，今天的第二道電流竄過全身。

但跟剛才不一樣，這是深受感動時才會出現的電流。

映入我視野中的，既不是從同一所國中過來的人，也不是小學時分別的同學。

那一頭醒目的藍色長髮，再加上這道嗓音。錯不了的，就是那個女生。

「妳是當時在電子遊樂場跟我一起玩的那個人？」

藍髮少女聽到我這麼說，開心地眨了眨眼。

「答對了！你還記得我呀！謝謝！」

我很驚訝這麼快就能和藍髮少女再度相遇。我本來覺得在時乃澤高中過著學生生活，總會有機會見到面，但沒想到會是在這個時候。

這個空間的女生占絕大多數，讓我感到有點忐忑，看到她實在很安心。

「再次恭喜你入學！」

「嗯，謝謝。妳竟然記得我的長相啊。」

「當然嘍！我沒那麼容易忘記一起玩過音遊的夥伴長什麼模樣啦～哎呀～神明也真是幫了大忙呢。」

「能夠這麼快就再見面，或許是有什麼緣分吧。」

「就是說呀～」

「我、我問妳喔，妳叫什麼名字？」

「我？這麼說來還沒自我介紹呢。我的名字是佐佐波友里！大家都叫我友里，你也這樣叫我吧！」

「友里嗎？真是好名字。我是涼，妳也這樣叫我吧。」

「沒問題！涼！」

獲得第一個朋友！這樣就成功避免高中生活只有自己孤單一人了。

「對了，趁現在問一下好了，你在哪班呀？」

「咦？我嗎？」

說起來，剛才在正門有拿到班級分配表，應該放在制服的口袋裡面。

我從內袋取出有點大張的紙，確認了一下。

看來今年的一年級生總共有九班。就名單來看，一班有三十多人。

來找找吧，我的班級是……

「啊，找到了。我是一年A班，妳呢？」

「咦？不會吧？我也是A班喔！我們同班耶！」

真的假的，竟然有這麼巧的事？剛剛還在慶幸入學沒多久就交到朋友，現在又發現彼此在同一班。

會不會太走運了？

「哇～沒想到會有這種事～變成男女合校後交到的第一個男性朋友，竟然是音遊同伴兼同班同學，真是不得了的奇蹟耶～」

「的確是不得了的奇蹟呢。嗯？我是妳的第一個男性朋友，意思是妳以前都沒交過男友嗎？」

她社交能力強，外貌也很漂亮。跟其他女生比起來，明顯具備多種吸引異性的要素。結果我卻是她的第一個男性朋友，這真是不可思議。

對於我的問題，友里用右手搔著後腦杓，苦笑著這麼回答了。

「哎呀～我從來沒有交過男友喔～念小學的時候忙著讀書準備考國中，到了國中也都和女孩子玩在一起嘛～」

「跟其他學校也沒有交流嗎？」

「有是有啦，但完全引不起我的興趣啊～和我們學校有交流的其他學校，基本上都是在全國名列前茅的升學學校，男生大多把念書看得比談戀愛還重要～不過，就算有帥哥，我也沒有交男友的想法就是了。說不定一輩子都會這樣單身下去呢～」

的確，如果想要應屆考上日本最頂尖的T大學，應該都會把念書擺在談戀愛前面。

但她沒有交男友的想法倒令我很意外。這是為什麼呢……

「欸！既然又見面了，下次再來對戰吧！我可是比上次進步了很多喔～」

友里露出小惡魔一般的笑容，觀察著我的反應。從她的表情來看，感覺是真的很有自信。不過，贏的人還是我就是了。

「當然沒問題啊。我做好全戰全勝的準備了。」

「真的？那輸的人要請吃冰當作懲罰喔！我絕對會贏的！」

「可以啊！有懲罰更能激起鬥志。」

「好～！平時要加倍努力練習嘍！」

友里坐在折疊椅上握起拳頭，小小地做出勝利的動作，鼓足幹勁。

在比誰都近的距離下看著她這樣的模樣，我不禁有點怦然心動。

高中生活第一天，我不只和可愛的女生成為朋友，還約定要一起玩。

好扯，為什麼會這麼走運啊？

雖然我剛才差點身分曝光，但最終沒事。

當我正在想這種事情時，看起來像是擔任司儀的教師登上講台，然後站在預先準備好的麥克風前面，沉穩地說起話來。

入學典禮好像終於要開始了。剛才情緒還很高昂的友里也在最後低聲說了句：「入學典禮要開始了呢。」就挺直背脊乖乖坐好。

麥克風發出「嘰」的聲響後，入學典禮開始了。

「那麼，各位早安。現在開始舉行私立時乃澤高中的入學典禮。首先，有請新生代表『九條雛海』同學上台。」

教師語畢，黑長髮的女學生便緩緩地走上講台。長髮隨著她的步伐搖曳，反射日光而閃閃發亮，有一種神聖的感覺。

我心想好像在哪裡看過那個女學生，隨即就認出是剛剛才見過面的人。

啊，這麼說來，她好像提過自己在國中是學生會長吧？

能夠獲選為新生代表，表示她連學業也很優秀嘛。真的是完美無缺耶。

雖然剛才面對突如其來的發展讓我陷入慌張，但那種無論用幾個「超級」都不足以形容的美少女本來就不太可能跟我有交集。她如果是太陽，我就是陰影。

不用擔心，應該不會再發生那種事情了。

儘管我擅自抱著這樣的想法……

但人生似乎不會照著自己的意思走。

九條站到麥克風前面後，原本很安靜的友里就在我旁邊說起話來。

「欸，涼，台上的不是新生代表嗎？她叫做雛海，是我的好姊妹。到教室之後我再介紹給你認識。」

慢著，友里剛才說了什麼？是我聽錯了嗎？

她說要介紹給我認識？

「那個……友里，妳剛才說要介紹她給我認識？」

我複述一次反問回去後，友里便揚起微笑，極其肯定地這麼說了。

「嗯，我剛才在看班級分配表的時候發現我和雛海同班，很幸運吧？雛海人很好，你們很快就會成為好朋友的。」

……原來如此，我懂了、我懂了。

我做了一次深呼吸之後，在內心如此吶喊。

搞屁啊————！

本來以為今後都不會有交集，結果這是什麼鬼發展？神明果然討厭我吧？

而且為什麼友里和九條認識啊！太多巧合湊在一起反而很恐怖！

「咦？你的臉色好像很差耶，怎麼啦？」

友里察覺到我不太對勁，擔心地注視著我。她的眼眸彷彿在說：「難道我講了什麼奇怪的話嗎？」

這不能怪友里。一切的錯都要歸咎於神明一手促成這種悲慘至極的命運。不可以給友里造成麻煩。

我表情僵硬地說：

「咦、咦——？沒、沒事啦～我臉色哪有很差？妳要介紹給我認識啊……真、真是令人開心～太、太棒了～太棒了～」

總算是順利地做出回應了。

我很希望是自己聽錯，但這個悲切的願望不僅沒有傳達給神明，似乎連體育館的天花板都傳遞不到。

照理說，這應該是值得開心的事情，畢竟對方是被譽為「千年一遇的美少女」的女孩子。

有人介紹是不可多得的大好機會，一般的男學生都會覺得喜出望外吧。

但是，我的情況不一樣。

經過介紹成為朋友這種機會，可能會導致我真實身分曝光。

為什麼啊？為什麼……

為什麼會變成這樣啦——？

今後的學校生活……充滿了不安啊！

第四話 不可理喻！

在那之後，經過一小時左右，終於要第一次正式和新的同班同學見面了。

我的班級是一年A班。我立刻就踏進了教室。

這班有三十二人。其中二十七人由女生構成，男生只有五人。雖然會感到寂寞，但格格不入的感覺更加強烈。

乍看之下，女學生幾乎都很可愛。不管往前後左右哪一邊看，都只有可愛的女孩子。再加上女生占絕大多數，總覺得自己好像不小心走進女性專用車廂一樣。

抱著這種格格不入的窘迫感，我查看貼在黑板上的座位表。

座位順序看起來應該是隨便決定的。

確認好自己的座位後，我一屁股坐在今後要使用一年的座位上。

好，要怎麼交朋友呢？

在女生過半的這間學校，該如何享受青春？

我看著天花板思考了起來。

「哇喔！涼坐在我隔壁耶！運氣真好！」

這時，前方傳來呼喚我名字的聲音。

我循著聲音看過去，發現友里就站在我面前。離開體育館時，她說要去上廁所，所以剛剛才來嗎？

友里在我左邊的座位坐下，滿臉笑意地注視著我。

「哇～沒想到在教室也是坐隔壁，好幸運喔～我想多跟你聊聊音遊的事情，坐得很近真是太好了～」

「我也很高興朋友坐在附近啊，有人可以說話就放心多了。」

附近有認識的人確實很值得慶幸。

尤其是剛入學沒多久，要是交不到朋友，之後的學生生活想必會過得很不順遂。

如果交不到朋友，我就必須在這間男女比例懸殊的高中獨自過活。我絕對不要這樣。

當我在思考這種事時，友里的視線突然移到我的後面，並且揚起嘴角。

「哦！小古井也坐那裡嗎？」

友里這麼說完，耳邊就傳來有人拉椅子坐下的聲音。

我立刻回頭一看，發現有個黑髮少女端正地坐在那裡。她的嘴巴小小的，眼睛大而明亮，帶著一股稚嫩的感覺。

喂喂喂，又來一個美少女啊？

我不禁入迷地看著坐在後面的女孩子。

「怎麼了？找我有事？」

結果她就狠狠瞪了過來，那眼神彷彿猛獸盯上獵物一樣。

「不、不是的，沒、沒什麼……」

好、好可怕！她在戒備著我，超級可怕。她身材嬌小，有點像小蘿莉，性格卻完全不是那麼一回事。

我想，這個人應該是重度虐待狂……雖然才剛見面，但我大致看得出來。

「真是的～小古井！對初次見面的人要和善一點才行啦！」

多虧友里馬上幫忙打圓場，坐在後面的可愛少女——古井同學，眼神變得比剛才溫和了一點。

「友里，那個人是誰？你們認識嗎？」

「沒錯！我在放榜那天遇到他，還一起玩過喔！哎呀～能在同一班只能說是奇蹟了吧～」

「的確呢，還真是奇蹟般的再會耶。」

「是不是！我就說很驚人吧！」

或許是對友里的反應感到滿意，古井同學隨即將視線拉回我身上。

我提防著她接下來要對我說的話。但古井同學並沒有動口，而是伸出細細小小的手。

「咦？怎麼了？」

「這還用問？只是想跟你握個手啊。不願意就算了。」

啊，搞什麼？原來只是握手啊。

我輕輕地握住那隻伸過來的小手。古井同學的手真是柔軟。

正當我握著女孩子的手，因為這股觸感而受到感動之際——

「我叫古井小春，請多指教。」

古井同學微乎其微地揚起嘴角，朝我露出笑容。近距離一看，就會覺得她真的非常可愛。

「呃，嗯。我叫慶道涼，請多指教。」

「好，我才要請你多加指教。對了，你的手還滿粗糙的，平常有在做什麼運動嗎？身體的肌肉也很發達。」

「我沒在做運動，不過有一段時間練過武術。師父是個非常嚴厲的人……那陣子吃了很多苦。」

「哦～原來是這樣呀。」

古井同學臉上浮現詭異的笑容，下一秒——

嘰嘎嘎嘎嘎！

伴隨著感覺很痛的聲響，古井同學使盡全力握住我的手。

「啊，等等！古井同學！妳握得太大力了！好像聽得到奇怪的聲音耶！」

即使我想抽回手，卻因為強勁的力道而分毫不動。

這種超人般的力氣是怎麼回事？究竟藏在那嬌小身軀的哪裡？

「哎呀，不好意思。我想要確認一下你是不是真的練過武術，不小心就使出太多力氣。失禮了。」

古井同學這麼說完，靜靜地放開我的手。是說這真是不得了的蠻勁啊。

「古井同學，妳是故意這麼用力的吧？」

聽到我的問題，古井同學一臉傻眼地答道：

「怎麼可能啊？不過，我這麼做幾乎是抱著惡作劇的心態啦。」

「那就是故意的嘛！」

古井同學露出可愛的笑容，但在我眼中只像是惡魔的笑容……

我果然沒猜錯，這個人是重度虐待狂！無論有幾個「超級」都不足以形容的重度虐待狂！

「哇～你們這麼快就成為朋友，真是太好了～啊，小古井是超級重度虐待狂喔，涼你可要小心一點。」

看來是對我和古井同學的第一次接觸感到很滿意吧，友里露出笑咪咪的表情。

「不只是『千年一遇的美少女』，妳連這種重度虐待狂也認識啊……」

我左邊坐著社交能力超強的友里，後面坐著重度虐待狂古井同學。

這個座位是怎樣？未免太有個性了吧？

再加上我的座位比較靠近走廊，人數稀少的同班男同學全都坐在靠窗的那邊……

我有辦法交到男性朋友嗎？至少來一個男生坐在我附近吧……

雖然我覺得很不安，但絕對不是沒有希望。

右邊的座位還空著。也就是說，人數稀少的同班男同學有可能會坐在那裡。

只能把希望寄託在那上面了。拜託來個男生……快來！

我在心中這麼想著。

這時，有人將書包放在右邊的座位上並拉開椅子。接著，一道清脆悅耳的聲音傳入耳中，聽起來相當熟悉。

「啊！是友里和古古！我們坐得很近耶！太棒了～！」

我的視線往旁邊挪動，確認是誰坐在那裡的瞬間——

我忍不住睜大雙眼……不，是不得不這麼做。

看到少女臉龐的同時，我憎恨起神明。

為什麼啊……為什麼……

為什麼「千年一遇的美少女」會坐在我隔壁的座位啦——？

「哦！雛海妳終於來啦！學生會的工作辛苦了～哎呀～妳的演講還是一樣很打動人心呢～」

當九條在自己座位上坐下後，友里立刻朝她說道。

「哪有～只是普通的演講而已啦。話說回來，我們三個竟然同班呢，好幸運唷！」

「就是說嘛～」

「對呀。」

聽到九條這麼說，友里和古井同學都點點頭。

九條雛海。

在國中部人望高到足以擔任學生會長，非常活潑開朗，人又長得很漂亮，誰都會忍不住看入迷。再加上她的個性感覺就很好。

在學業方面，她似乎也是每年都會取得優異成績，在全年級中名列前茅。

品行端正，容姿端麗。

甚至還被網友們封為「千年一遇的美少女」。

一般來說，和等級這麼高的美少女同班，連座位都相鄰，一定會欣喜若狂吧。

然而，我一點都開心不起來。不，抱歉我說謊了。老實說我內心超級興奮，超級雀躍的。

不過，我的真實身分曝光就完了。絕對會完蛋！

沒有人知道我在隨機殺人魔事件中拯救過九條這個事實。因為我沒留下名字就離開，網友們於是把我捧成了英雄。

但我實際上是連一個摯友都無法保護的男人。像我這種人，不該被捧成英雄。

好！隨便做個自我介紹，之後就維持一般般的關係吧。

既然如此，只要打聲招呼再報上名字就行了。

我打著這樣的主意。

「啊！對了，雛海！我有個人想介紹給妳認識！」

友里卻搶先了一步。

慘了！這下真的慘了！

相對於焦急的我，友里毫無顧忌地說出一番削減我的生命值的言論。

「就是坐在我隔壁的男生啦，他叫做涼！放榜那天我們偶然玩在一起。不覺得很驚人嗎？升學後竟然又能遇見！神明或許很眷顧我呢～」

不對，並不是妳受到眷顧，單純是祂討厭我而已。

我明明不記得自己有做過壞事，卻淪落到這種局面。難道我做了什麼觸怒神明的事情嗎？

「原來是友里的朋友呀。請多指教！我是……咦？你該不會是剛才的……？」

「咦？什麼什麼？你們兩個認識嗎？」

友里追問起來。

「嗯，剛才他特地幫忙把迷路的孩子送到教職員室。沒想到是同一班的人。」

我本來打算隨便打聲招呼就好，但友里的高超社交能力反而扯了我的後腿。

到底為什麼凡事都這麼不如意啊？

「妳、妳好。重新自我介紹一下，我叫做慶道涼。」

我做完自我介紹後，九條點頭行禮，很有禮貌地回道：

「我叫九條雛海。我和友里還有古古從國中部就是好朋友，這是我們三人第一次同班。從今天起請多多指教喔！」

九條這麼說完，朝我露出滿面笑容。

簡直超可愛的啊！

面對純真無比的笑靨，我的心跳陡然加速。

「請、請多指教喔……啊、啊哈哈哈哈～」

雖然我敷衍地陪笑著，內心卻無奈到笑不出來的地步。

念同一間學校是沒辦法的事情。初次見面的時候，她就穿著時乃澤的制服，我早已明白這一點。

但同班又坐隔壁未免也太扯了吧。我的高中生活到底會變成怎樣……

荒謬的發展讓我沮喪地垂下視線，九條的書包隨即映入視野。

那是乍看之下平凡無奇的上學書包。

不過，有個東西掛在上面。

而那個東西，和我在隨機殺人魔事件時掉在車內的金榜題名御守一模一樣。

難道九條也有跟我一樣的御守嗎？

不對，她是直升高中部的，根本不需要御守吧。

我疑惑地凝視許久，九條就注意到我的視線了。

「怎麼了，慶道同學？你一直盯著我的書包看。」

「呃，不，沒什麼……我只是想說妳有金榜題名的御守耶。」

「啊，這個呀，是保護我不受隨機殺人魔傷害的男學生掉落的東西。其實我本來要送去失物招領處，但未來某一天遇到那個男學生時，我想親手將這個東西還給他並表達感謝，才會自己留著。」

「是、是喔……希、希望妳和那個男學生未來能夠再相見。」

「嗯！雖然幾乎沒有線索，不過我覺得只要帶著這個御守，總有一天能見到他的！所以我不管去哪裡都會隨身攜帶！」

「這、這樣啊，如果你們能見面就好了。」

「嗯！」

喂！

那果然是我的啊！

我知道御守是掉在車內的某處，但竟然是掉在九條面前啊！

可惡……所有一切都太不幸了。為什麼會變成這樣啊？神明絕對是站在九條那一邊吧！

簡直是悲慘到不行，我唉聲嘆氣了一會兒。

哐啷哐啷！

這時，教室門打開，年輕的女教師走進來。

她就這樣走上講台，一邊環視教室一邊說：

「嗨，各位同學，班會馬上就要開始嘍～」

這個老師相當年輕漂亮。

留著黑短髮又沒化妝還能這麼美，真是可怕。而且還有苗條的身材和傲人的上圍，太犯規了。

「那麼，在開班會之前，我得先自我介紹一下才行。我是A班的班導，名叫華。大家以後就叫我華老師吧。」

華老師自我介紹完畢後，我們立刻開始召開班會。不過，要做的事情只有自我介紹而已。

說完名字、畢業學校及興趣等就結束了，極其簡單。

我說了些無關痛癢的事情，隨便做完自我介紹。完全沒必要在這時候說些引人注目的話語，我只求能夠過著安穩的學生生活。

自我介紹的順序不斷輪下去，接著輪到我隔壁的座位，也就是九條了。

「我叫做九條雛海，是從國中部直升上來的，也是學生會的一員。歡迎大家隨時來找我說話。」

雖然她本人只說了這些，但似乎讓高中入學組感到相當震撼，教室內瞬間喧鬧起來。

九條是在網路上被形容成「千年一遇」的美少女，說是現在最受社會大眾矚目的女高中生也不為過。

像這樣的超級巨星就在同一間教室裡，當然會引起騷動。

儘管九條的自我介紹讓教室吵鬧了一陣子，不過在那之後沒發生什麼事，一切順利結束。

大家都做完自我介紹，這樣就能回家了——我本來是這麼想的，但看來還有其他事情。

在自我介紹結束的同時，華老師如此說道：

「我很想就這樣解散，不過從明天起必須決定各種工作的負責人和委員會。所以呢，我想在今天選出班長，有人要自告奮勇嗎？」

與九條做自我介紹時截然相反，教室裡安靜得驚人。面對這種情況，華老師的臉色也沉了下來。

在所有負責人和委員會中，最麻煩的就是班長。不只是要統籌班務，還得端正全年級的風紀才行。

哪有人會樂意接下這種麻煩的工作啊……

「老師，我願意當！」

不，還真的有。而且就在我隔壁。

在充斥著沉默的教室裡，絲毫不受這股氣氛影響，落落大方地舉起手的，就是九條。

「哦！九條，真的嗎！真是幫大忙了。」

看到超級巨星自告奮勇，華老師瞬間展露出笑容。

「我很高興九條願意當班長，但還需要一個人。對了，既然都變成男女合校，希望來個男同學。怎麼樣？有人要當嗎？」

華老師逐一盯著教室中人數稀少的男學生。

她的眼神有點強勢，帶給人一股壓迫感。

我才不要當班長，和九條一起更不可能。

我無論如何都想要隱瞞住真實身分，絕對不能暴露出去。這時候只要裝死一下就行了吧。應該會有其他人自願才對。

我默默將視線從華老師身上移開，假裝沒自己的事。

然而，這也是毫無意義的舉動。

「唔～沒有人嗎……啊，對了，我聽說剛才有個男同學幫忙把迷路的小女孩帶到教職員室。那個人有在班上嗎？」

華老師突然提起迷路小女孩的事情，我頓時掩飾不住內心的動搖。

不、不妙，這下不妙了……

一定是我想的那樣。要是知道我就是那個男同學，她就準備逼我當班長吧！

「老師，那個男同學現在就在我前面喔。」

說出這句話的竟然是古井同學。我忍不住回頭看她。

「呵！」

她臉上泛起惡魔般的笑容。

這、這個重度虐待狂——！

她是打算逼我當班長嗎！

「哦，這樣啊！真是太幸運了！好，慶道！你的行為非常了不起，請你一定要和九條一起當班長！你應該願意吧？」

看吧，我就知道會這樣！

「那、那個，老師……」

看到我支支吾吾的模樣，華老師露出神祕的笑容。

「你應該願意吧？慶～道～♡」

很可怕耶！她以為只要加上愛心來施壓就沒問題嗎？而且那張滿臉燦爛笑容的表情是怎樣！太嚇人了！要是我拒絕，絕對會發生很恐怖的事情！

「……好的，我明白了……」

面對華老師的神祕笑容，我不由得屈服了。

「這樣啊！謝謝嘍，慶道！今後你要和九條一起整頓這個班級的事務喔！那麼今天就解散吧！大家明天見！」

於是，我屈服於華老師的壓力，和九條一起被任命為班長。

今天一天下來所發生的事情真的都太扯了。

不只是偶然重遇九條，還和她同班又坐隔壁。甚至連委員會也一起。

咦，這是什麼發展？神明打算取走我的小命嗎？

第六話 太紅很辛苦

距離危機連連的入學典禮，已經過了兩週左右。

我逐漸適應高一新生的生活，學校也開始上課了。

不愧是升學學校，課程內容清楚易懂。再加上整個班級的氣氛很沉靜，可以全神貫注地上課。實在是太棒了。

雖然我很想這麼說，但其實存在著一個問題。

那個問題非常棘手。而且一定會隨著宣告午休開始的鐘聲一起出現。

哦，現在打鐘了。所以再過一下子就會出現。

如我所料，只有午休才會發生的麻煩問題，今天也來了。

「啊！是九條同學！一起吃飯吧！我想要妳的聯絡方式！」

「那就是『千年一遇的美少女』啊！超可愛的！好想跟她交換ＩＧ喔！」

「從來沒看過那麼可愛的女生耶！我們一起去學餐吧！」

一到這個時間，其他班級的傢伙們就會一齊湧進教室，來找坐在我隔壁的九條。

他們找九條的態度非常惡劣，儘管我坐在自己的座位上，他們還是會說：「你閃邊去啦。」我總是莫名其妙地被當成礙事的傢伙趕走。

順道一提，今天寫下了第五次紀錄。

但不只是我，坐在九條周圍的學生都一樣。

最近，想要和九條拉近距離的學生都會同時湊過來圍住她。這給其他學生造成莫大的困擾。

我並不是完全無法理解他們的舉動。畢竟是那麼漂亮的美少女，又備受社會大眾關注。九條的存在，已經可以跟國民偶像劃上等號了。要是有那樣的大明星，會出現想要接近她的人也沒什麼好奇怪的。

話雖如此，這股異常的執著是怎麼回事？

大家就那麼想在IG或Twitter上炫耀嗎？

我對社群媒體一丁點興趣也沒有，所以不是很懂，但愛出風頭的人就是這樣才令人困擾。

不過就是上傳一張照片而已，人生又沒那麼容易發生改變……

我暗自傻眼，靜靜地在空位上吃便當。

偶爾往九條的方向一瞥，就會看到她儘管非常傷腦筋，卻仍無奈地笑著應付周遭人們。

很可憐，只是這也沒辦法。

我一邊注意著九條的情況，一邊猛吃便當。

這陣子那些傢伙想必都會來向九條索求聯絡方式，或是試圖跟她拉近距離，弄得教室嘈雜不堪。

忍忍吧。

隔天午休——

我從廁所回來後，發現教室比以往更加吵鬧。

又得讓出座位了嗎……我本來心情很低落，但從那些蜂擁而來的學生們的對話內容研判，今天似乎和平時不一樣。

「奇怪了？九條同學不在耶！」

「欸，有看到九條同學嗎？」

「為什麼九條同學不在教室裡呢……女廁那邊也沒看到她。」

沒錯，平常都會靜靜坐在位子上的九條竟然不在。簡直像是憑空消失一般，忽然就不見人影。

來找九條的學生們大概是受到不小的打擊，當場大吵大鬧起來。

對他們來說，現在的九條等同於超級巨星。那位巨星不見的話，他們不可能摸摸鼻子就算了。

而更令人驚訝的是，九條不是只有今天才搞失蹤。

隔天也是，再隔一天也一樣。

只要到了午休時間，九條就會消失不見。

一直見不到九條，其他班級的學生可能覺得很沮喪，來找她的人越來越少。再經過一週之後，他們進教室前都會先確認九條在不在，一發現她不在，就會立刻回自己的教室。

我很慶幸現在能夠在自己的座位上慢慢吃便當，卻有點在意一件事。

那就是九條本人午休時人在哪裡？

坐在九條隔壁的我，因為好奇而忍不住問過她，但每次都被岔開話題。

她的回答不是去學生會辦公室處理事情，就是老師找她過去。

順便補充一下，她對友里和古井同學也是同樣的回答。

學生會的工作真的這麼繁忙嗎？老師交給她的事情真的這麼多嗎？

雖然我有一點好奇，不過沒有硬是追問下去。

其中一個原因是我為了隱瞞真實身分，一直都跟她保持適度的距離，但不只如此而已。

一到午休時間就獨自離開教室的九條，那張表情看起來有些落寞，於是我就不忍再多問了，這才是真實心聲。

日子一天天過去，誰都不曉得九條午休時間人在哪裡。而我則是在突發狀況下得知她消失的原因。

事情的開端起於某天午休。

「唉～好累……竟然因為我是男的就只叫我一人跑腿……」

我有氣無力地獨自走在別館的走廊上。

班導華老師突然叫我過去，卻是帶著神祕笑容施壓說：「你是班長，應該願意幫忙做事情吧？」我並未反駁，就這樣耗掉一半的午休時間在做事情。

時乃澤高中這間學校分為學生和老師上課的本館，以及有上課資料和講義室等的別館。

華老師要在別館整理上課資料，莫名其妙就叫我過來幫忙……

真是愛使喚人的班導啊……

我垮下肩膀，深深嘆了口氣。

看看手機，午休時間剩不到一半了。不會吧……

「這下沒時間慢慢吃便當了……」

就在我唉聲嘆氣之際——

「咦，門開著耶？」

我偶然路過一間空的辦公室，發現門開了一條細縫。

別館有幾間空的辦公室，但門總是關著。唯獨這間辦公室的門是輕輕掩著的。

有人在裡面嗎？

我基於好奇而緩緩推開門，走進去後發現……

「咦——？慶道同學？為什麼你會在這裡？」

竟然是九條在裡面。

那個「千年一遇的美少女」一手拿著便當，孤零零地吃著飯。

我的出現大概讓她受到不小的驚嚇，嘴巴張得足以塞進一顆番茄，用筷子夾起來的維也納香腸整個掉落下去，她本人卻渾然不覺。

「妳怎麼在空的辦公室吃便當啊？」

「聽、聽我說，這、這、這、這是因為……那個……呃……」

九條游移著視線，臉龐紅了起來。被人撞見自己孤零零地吃著飯，任誰都會驚慌失措吧。

「我不會追問妳為什麼在這裡，但一般來說，在教室或學餐吃飯不是比較好嗎？」

我這麼說道。

「不行。」

直到剛才都顯得心慌意亂的九條，立刻否定了。

慌張和害羞感這些情緒消失，她的表情看起來有些悲傷。

「我在的話，會給其他人造成麻煩，所以不行。大家會沒辦法安靜吃飯……」

她低垂著頭，小聲說道。

剛才那句話，再加上獨自在這裡吃飯。原來如此，把這兩點結合起來，我就理解情況了。

「妳是因為自己待在教室或學餐的話，會造成其他學生沒辦法安靜吃飯，才跑來這裡嗎？」

聽到我這麼說，九條靜靜地點點頭。

九條雛海是備受社會大眾矚目的正妹。由於外貌漂亮得不可思議，被網友們封為「千年一遇的美少女」，如今已經是每個人至少都看過一次的女高中生。

像這樣的超級名人跟自己同校的話，一般學生當然會紛紛湧上去。

而九條本身也是對任何人都很和善的個性。不只外表，連內在都很完美。所以她沒辦法堅定地拒絕那些湧上來的學生們。

為了息事寧人，九條認為讓自己孤獨一人是最好的辦法，才會獨自在這裡吃飯。

「那個……慶道同學，你不要告訴別人喔。不然大家都會跑來這裡的。」

「好，我答應妳不會告訴任何人。但我可以問個問題嗎？」

「可、可以。」

「九條……妳打算獨自吃飯到什麼時候？」

聽到這個問題，九條沉默了一會兒。她本人光是躲起來就拚盡全力，大概完全沒有考慮到今後的事情吧。

這種狀態會持續到什麼時候？我和九條都毫無頭緒。

最壞的情況下，有可能持續一整個學期。

「不知道……我必須在這裡待到大家的興奮情緒平息下來為止。但你不用擔心！我一點都不覺得寂寞喔！這真的沒什麼，不需要顧慮我！我沒事！」

她笑著這麼說，不過我覺得她看起來完全不像沒事的樣子。無論是她午休時離開教室的時候，還是剛才我推門進來這裡的時候。

她臉上一直都帶著難過的神色。

而且女生所說的「我沒事！」完全不值得信任。那張笑臉也是。在我眼中只像是痛苦之下擠出的話語和笑容。

「……這樣啊。我事情都做完了，就先回教室嘍。我不會告訴其他同學妳在這裡的，妳放心吧。」

我就這樣靜靜地準備關門。

「嗯，好的。謝謝你，慶道同學。第五節課見！」

聽完這句話後，我往教室走去。

為了過著安穩的學生生活，我一直隱瞞著真實身分。

所以我不打算太過接近九條，或是跟她有交集。

但坦白說，現在的她讓我無法袖手旁觀。

我知道這樣很矛盾。這時候選擇無視或許才是最好的。

然而，九條沒做錯事，她不該受這種苦。如果沒有人伸出援手，她今後可能也會繼續痛苦下去。

絕對不能允許這種事情發生。

「唉~真是沒辦法……」

我搔著頭，決定要設法打破這種情況。

首先，去找那兩個人幫忙吧。

隔天的午休時間——

我帶著另外兩個學生，來到九條所在的空辦公室前面。

「好，那我要打開嘍。稍等一下。」

我對身後兩個幫手這麼說完，靜靜地打開門。

「嗨！九條，妳今天也一個人待在這裡嗎？」

「咦——？慶道同學？你為什麼又來了？」

她今天果然也在這裡啊。

看到我出現，九條露出跟昨天一樣的反應。

「怎、怎麼了？你找我有事嗎？」

「嗯，我找妳有事。其實有人午休想和妳一起吃飯，我就把她們帶過來了。」

我往後一看，打了個信號後，兩個學生便踏進九條所在的空辦公室。

對方最先拋來的話語並不是「把妳的聯絡方式告訴我！」或「下次一起玩吧」之類

的……

「嗨～！雛海！我還在想妳午休怎麼跑不見人影，原來是在這裡啊～」

這句話是友里說的。她的語調開朗，光是聽到就能讓人稍微打起精神來。

她笑容滿面地眨眨眼，看起來非常可愛。

接著另一人也開口說：

「沒想到妳一個人在這種地方吃飯……雛海妳也真是的……」

這個人是外表雖然像蘿莉，內在卻是個重度虐待狂的古井同學。她用手扶著額頭，對九條真的獨自在吃飯感到有點傻眼。

「咦——？友里和古古？妳們怎麼會來這裡？」

九條看到她們兩人出現相當驚訝，隨即朝我看來。

「真的是慶道同學帶來的？不過為什麼突然帶她們過來？」

「我剛才不就說了嗎？有人想和妳一起吃便當啊，所以我就帶她們過來了。當然沒有告訴其他學生喔，妳放心吧。」

我偷偷找友里和古井同學商量了昨天午休目擊到的那件事。

為什麼九條午休時間會消失？

為什麼她不跟任何人說自己在這裡？

我將這個真相告訴那兩人後，這麼拜託她們：

「希望妳們可以和九條一起在別館度過午休時間。」

她們兩人欣然答應我的提議，所以今天就跟我一起過來了。

「我從涼那邊聽說一切嘍。妳是怕給我們造成麻煩，才一個人跑來這裡的啊！真是的！那種事情妳儘管告訴我們嘛！」

友里鼓著臉頰，走到九條旁邊。然後古井同學也跟著過去。

「友里說的沒錯，雛海。有煩惱的話，無論何時都可以告訴我們。就算是很麻煩的事情，妳也別客氣，找我們商量吧。畢竟……」

接著，她們兩人帶著認真的眼神，鏗鏘有力地如此說道：

「「我們是朋友啊！」」

這句話似乎觸動了九條的心，我看到她的眼睛泛起淚水，閃爍著微微的光芒。

最近的午休時間，她一直都是一個人，一個人孤單地躲在這裡。

因為不想給任何人造成麻煩，也沒辦法找人商量。

不過，終於找到願意待在自己身邊的人了。

也許是太過開心，九條的聲音顫抖起來。

「好、好的……謝謝妳們，友里、古古。對不起，一直沒告訴妳們。我非常高興看到妳們兩個過來。」

什麼嘛，原來九條也會發出這種聲音啊？令人有點意外。

好，今後她不會再獨自吃便當了吧。

難得可以和朋友一起吃飯，我不該打擾她們。

趕快離開這裡吧。

我靜靜地關上門，就這樣回到教室。

我的任務結束了。

接下來只要一如往常地和九條相處，一切就完美了。

◇◇◇◇

當天放學後——

回家前的班會時間開始，華老師正在說明聯絡事項。

「慶道同學，今天很謝謝你，真是幫大忙了。」

坐在隔壁的九條輕聲向我這麼說道。

「不用謝，妳別放在心上。我只是把情況告訴友里和古井同學而已，沒做什麼特別的事情。妳應該跟她們兩個道謝才對。」

「我當然對她們道謝很多次了。不過，要是你沒有說，她們今天就不會來了。真的很謝謝你。」

「就、就說不用謝了。」

九條嫣然一笑，頓時讓我心跳加快。

可惡，太可愛了吧。

「啊，對了！趁我還沒忘記，有樣東西要給你。你願意收下嗎？」

九條從裙子的口袋裡拿出一張小紙條，遞了過來。

「這是什麼？」

「這、這個……希望你能保密，那張紙上寫著我個人的聯絡方式。有事的話，請你透過那些方式聯絡我……這樣。」

九條用手指捲著髮尾，不時瞥向我又移開，不斷重複著這一連串的動作。

如果她這番話為真，就代表這張紙上寫著九條的聯絡方式嗎……

不不不不！這不可能吧！一定是我聽錯了！

於是我又重問一次。但是——

「上面寫著我的聯絡方式，請你加我。」

結果還是一樣。我並沒有聽錯。

我再次看向接過來的那張紙，上面的確寫著手機號碼和ＬＩＮＥ的ＩＤ。

……咦？

真的假的啊啊啊啊！

九、九條可是被封為「千年一遇的美少女」，我竟然拿到了她的聯絡方式嗎？

「為、為什麼妳要突然給我聯絡方式？」

「這、這是因為……你很值得信任……吧？」

我陷入慌亂，九條則扭扭捏捏地微微晃著身體。

「咦？很值得信任？」

「嗯。」

九條繼續說：

「雖然自己這麼說有點奇怪，但自從發生隨機殺人魔事件後，我就不小心爆紅了。因為這個緣故，跟我要聯絡方式或約我出去玩的人一下子多了起來。但突然就要交換聯絡方式或出去玩會讓我產生抗拒，真的很討厭。所以我全都委婉地拒絕了。」

「妳是怕傷到人才會笑著應對啊？」

「嗯。可是呢，只有你和其他人不同。你不會強行干涉我的隱私，還會在我有煩惱時幫助我。所以，那、那個……我覺得你很值得信任，希望我們能成為朋友，不要只是同班同學而已。不、不行嗎？」

她直勾勾地注視著我，認真的眼神讓我明白她並沒有在說謊。

和之前那些一擁而上的學生不同，不會強行拉近距離。這反而導致她對我印象很好。

我不過是為了隱瞞真實身分，才會一直跟她保持適度的距離……

儘管如此，九條依舊信任我，甚至不惜冒著風險將聯絡方式告訴我。

如果我在這時候拒絕，就是將九條的一片好意踩在腳下。身為一個男人……不，身為一個人，這當然是最差勁的行為。

我的目的是隱瞞真實身分到底。但是，不能為此傷害到九條。

我將接過來的紙條靜靜地收進褲子的口袋裡。

「好，我回家再加妳。」

「真的？謝謝！不過你別告訴任何人喔。」

「我知道。我不會告訴任何人，妳放心吧。」

「嗯！請多指教嘍，慶道同學！」

直到最後一刻，九條都展露出燦爛無比的笑容。那可愛到令人想膜拜的模樣雖然差點讓人忍不住失去理性，但我勉強咬牙撐住了。

◇◇◇◇

班會結束後，我直接回家，一進到自己的房間就立刻飛撲到床上。
我就這樣面朝天花板，將塞在口袋裡的聯絡方式登錄到手機裡。
我試著傳送「請多指教！」沒想到馬上就收到回覆了。
「呀呼～慶道同學！請多指教喔！」
在這則訊息之後，她又傳了寫著「請多指教汪！」的柴犬貼圖。
原來九條這傢伙喜歡柴犬啊。
不，這種事怎樣都無所謂。比起那個，我有更需要思考的問題。
儘管我一直都試圖和她保持適度距離，但在瞞著其他學生的情況下拿到連絡方式啊……
咦？
怎麼好像反而縮短距離了？

第七話 真實身分暴露？

和九條交換聯絡方式後，過了三天——

今天也順利地上完學校的課，我在自己的房間玩音遊。雖然入學典禮那天連續遇到好幾個危機，但最近的生活都很安穩。

沒有發生任何會暴露真實身分的狀況，也沒有埋下什麼火種。

沒錯，我只要能過著這種學生生活就好。每天上學的同時，也沉浸在自己喜歡的事情中。能做到這一點就足夠了。

如果持續過著這樣的日子，我的真實身分就不會暴露吧。

哦！再一下子就可以全接最高難度的模式了。

為了心心念念的全接——也就是無失誤的情況下通關最高難度——我將全副意識集中在音遊上。

再一下子……再一下子就能全接了！

來了！是最後一段！只要撐過這裡就好！

「哥～我進來嘍～」

「啊啊啊啊啊啊啊啊啊啊啊啊！竟然在快要全接的時候遇到妹妹闖進來啊！」

明明再一下子就可以全接了！可惡！

只有玩音遊的時候一定會遇到阻撓，我該如何稱呼這種現象？

「怎麼了？哥，你在打遊戲喔？」

「我正在集中全副神經打遊戲耶！差一點點就能全接了。是說妳進來前有敲門嗎？」

「因為很麻煩，我就省略了。」

「幹嘛擅自省略啊！都是妳害我失誤了啦！」

「對不。」

「竟然連道歉的話也省略啊！」

妹妹美智香跟我不同，是道地的陽光少女。

頭髮是以國中生而言很少見的褐髮，胸部也還算有料。她幾乎每天都在看時尚雜誌和化妝品，相當注重穿著打扮。

不過我這個妹妹基本上對家人都很冷淡。應該說態度很敷衍。

正值青春期的妹妹大概都是這副模樣吧。

「所以呢？妳來幹嘛？」

「剛才有人打電話來，是哥的同班同學，我就把話筒拿來給你了。」

「咦？電話？找我的？」

「對，說有事找你。你快接啦。」

美智香隨手把話筒扔給我後，便直接離開房間了。真的不知該說她很敷衍，還是很冷淡。

我將聽筒靠在耳邊，接起電話。

「喂？我是涼。」

打給我的人究竟是誰？

我內心蘊藏著些許期待，但在聽到對方聲音的那一刻……

一股惡寒竄過我的背脊。

「你跟妹妹的感情滿好的嘛？我有點意外。」

「這個聲音是……古井同學？」

喂喂喂，給我等一下！

為、為什麼古井同學會打電話到我家啊？

很可怕耶！不曉得她會對我說什麼，充滿令人不安的要素。

她到底有什麼目的啊？

「都還沒報上名字，真虧你知道我是誰。不愧是你。」

「這麼冷淡的聲音，除了古井同學沒別人了吧？」

「竟然說我聲音冷淡，太過分了吧？我好歹也是純情少女耶。」

「純情少女才不會自己這麼說好嗎？所以呢？妳找我有什麼事？話說妳是怎麼知道我家電話的啊？」

「……這個嘛，如果你沒有把學生手冊掉在上學路上，我是無從得知的。」

「咦？學生手冊？」

「哎呀，你沒發現嗎？你的學生手冊掉在那條直路上嘍。」

「真的？」

「對，和學生手冊放在一起的學生證有寫電話號碼，我才知道你的聯絡方式。你不如檢查一下書包裡面吧？」

我按照古井同學說的，檢查了一下書包裡面。

……找不到。

平常都會放在裡面的學生手冊確實不見了。

啊，該不會是我要拿耳機而翻找書包的時候弄掉的吧？

這下可好了……

「抱歉，古井同學。我連學生手冊弄丟都沒發現。謝謝妳特地打電話告訴我。」

「不會，這沒什麼。畢竟我很善良嘛，超級善良的。既寬容又善良，就連惡魔都會改過向善。」

「不是，一般都不會自己這麼說吧？而且同樣的話還講了三次。」

但她的確很善良。多虧她像這樣打電話親口告訴我，我才會發現學生手冊弄丟了。

下次見面的時候，請她喝個果汁好了。

「啊，對了。除了學生手冊之外，我忘了還有一件事想告訴你。」

「咦？有一件事想告訴我？」

什麼事？不只是學生手冊而已嗎？

「看到學生證之後，我就確定了。你……」

經過幾秒的沉默，古井同學平靜地這麼說道。

「你是從隨機殺人魔手中救下雛海的那個男學生吧？」

「……什麼？」

咦，等等，不會吧……

為什麼……

為什麼會被發現啊啊啊啊！

才想著每天的生活都過得很安穩，結果馬上就發生被同班同學揭穿真實身分的危機！

怎麼突然就發生了！為什麼我的高中生活這麼不安穩啦！

而且發現我的真實身分的人，偏偏是那個重度虐待狂王女古井同學！

我本來想找藉口，但在這個人面前有用嗎……

她比誰都還要快察覺到我的真實身分，絕對是根據確鑿的證據推測出是我的。

話又說回來，她是怎麼鎖定我的？

連網友都沒有查到我的真實身分。

腦袋一片混亂的我，無法整理思緒。

「你不回答啊。難道是驚惶不安之下，忘記要說什麼了嗎？」

「沒、沒有，就是……妳突然這麼說，嚇、嚇到我了。」

「是喔？但你不否認呢。這樣就跟承認沒兩樣了吧？」

「不、不是不是不是不是！我跟那個事件一點關係都沒有！只是因為妳突然講這種奇怪的話，才不知道該做什麼反應而已。」

「哦～這樣啊。那麼，我可以說一下自己是根據什麼推測是你的嗎？」

「……咦？嗯，我就聽聽吧。」

我這麼回答了。

而在聽完古井同學的超完美推測後，我啞口無言。

「學生證上寫著你的住址，所以我知道最近的車站就是男學生消失的那個車站。從時乃澤高中入學考試結束的時間反推回去的話，你若是搭到有隨機殺人魔的地鐵也不奇怪。也就是說，我可以推測你考完時乃澤高中的入學考試之後，就搭上有隨機殺人魔的地鐵，並且在那個車站下車了。」

……

騙、騙人的吧？

這人的腦袋會不會太聰明了？

憑一張學生證就能推測到這種程度，連那個高中生名偵探都會汗顏。

「如何？到這裡為止都是我的假設，我說的對嗎？」

這時候說：「對，沒錯。」我就無處可逃了。

要是繼續聆聽古井同學的超完美推理，我會逐漸失去找藉口推託的力氣。

先轉移話題吧，除此之外別無他法了！

「但、但不能光憑這點就斷定是我吧？事件發生時應該有很多男學生在車上才對。」

這招如何？

古井同學的推理確實非常完美。然而，目前還沒有能斷定是我的證據。

來，我看妳怎麼出招，古井同學！

直到剛才我都被古井同學牽著鼻子走，但現在可不是了！

「沒錯。不過你覺得我只有找到這個證據嗎？」

「難道還有其他的嗎？」

「對，還有喔。」

接著，古井同學繼續述說自己建立的假設。

「你知道雛海有撿到金榜題名的御守吧？那個御守呢，我查了一下後，發現可以在你家附近的稻荷神社買到，一搜尋就立刻出現了。既然你是考生，會帶著那個御守也很正常。」

我、我無言以對！她太敏銳了！

「再加上你以前學過武術，能打贏隨機殺人魔並不奇怪。一般考生照理說是打不贏的。內容變得有點長，先整理一下吧。拯救雛海的男學生具有三項特徵，第一項是住在稻荷神社附近的機率很高；第二項是今年是考生；最後一項是學過一些格鬥技。而這三項特徵，你全部都符合。」

啊啊啊啊！

她說中了一切！

為什麼有辦法推論出這些啊？

「可是，除了我之外，應該也有其他符合的人吧……我猜啦。」

我迫不得已地辯解後，古井同學便提出最後的鐵證。

「那我可以問個問題嗎？」

「咦？問題？」

「對。為什麼你……一靠近雛海，臉色就變得很僵呢？你有時候會露出一副你們不該在一起的表情。發現座位在隔壁的時候也是，一起擔任班長的時候也是，你看起來像是做了虧心事一樣。一般來說，能接近那麼漂亮的美少女都會很開心吧？」

「唔……！」

「雖然這種事不該由我來說，但雛海非常受歡迎喔。經過那樁事件的採訪後，她的社群總追蹤人數已經超過十萬人了。知名模特兒經紀公司的邀約不斷，還獲得『千年一遇的美少女』這個封號。面對任何人都覺得很可愛的雛海，你卻不知為何總是一副想要閃躲的模樣。這是第一個疑點。你看起來正在試圖隱瞞某個不能被人發現的祕密。」

完、完蛋了——！

原來我不自覺地表現在臉上了啊！

我的確總是想要閃躲她。但古井同學將這一點看得一清二楚，洞察力太敏銳了！

我該怎麼辯解？該怎麼還擊？

哎！不行！我腦袋一片空白！焦躁和動搖讓我無法整理思緒！

「這、這是因為……」

「你之所以躲著雛海，是因為你想要隱瞞真實身分。你害怕在社會大眾的期待值飆升當中揭開真實身分，沒錯吧？而且雛海剛才把拯救她的男學生的身體特徵告訴我了。身高在一百七十五到一百八十公分之間，留著刺蝟頭，這些你也全都符合。不過，她本人好像完全沒發現你的真實身分就是了。」

太、太完美了……

竟然連閃躲的原因都猜中了。即使我想要推託過去，她依舊接二連三戳中我的痛處。要說實話嗎？

不，對方可是古井同學，她一定設下了什麼陷阱。

我該如何是好？

「你不說話，表示你正在死命尋找能夠否認的根據，但又想不到，覺得很焦急吧？」

不行，還是投降吧。要是輕舉妄動，不敢想像會有什麼後果。

竟然已經被發現了……我的安穩學生生活……

「對，古井同學，妳說的沒錯，那個男學生的真面目就是我。拜託妳不要把這件事告訴別人。搞不好會發生一堆麻煩的事情。」

我老實地回答後，古井同學不知為何沉默了幾秒。

由於隔著電話，我完全摸不透對方的表情和態度。

古井同學現在是怎麼想的？她在思考著什麼？

這是我最想知道的事情，但她陷入沉默的話，我實在是無從得知。

「不、不好意思，古井同學？妳怎麼了？該不會是訊號不好沒聽清楚吧？」

我這麼說完，古井同學便彷彿從幻想中回到現實一般，用剛才的語調再次開口說：

「抱歉，我只是想了一下事情。你竟然就是那個男學生啊。雖然我說中了，但還是很不真實。話說回來，你很不會撒謊耶。我可是抱著半信半疑的態度那麼說的。」

「對妳撒謊哪會有用啊……」

「也對。不過你放心吧，我稍微能懂你不自報身分的原因。被全國捧成英雄的這個當下，要自報身分想必也需要不少勇氣。我可以答應你不說出去，然而有個條件。」

「謝謝妳的理解……嗯？等一下，妳剛才說什麼？」

「你沒聽到嗎？我可以幫你隱瞞真實身分，但有個條件。」

咦？真的假的？

不過，雖然很在意是什麼條件，還是聽她的吧。

只要遵守這點，她就願意幫忙隱瞞我的真實身分。

我只能照做了！

「謝謝妳，古井同學。那妳的條件是什麼？」

「不是什麼大事情。明天——也就是星期六要去買東西，你也一起來吧。」

「咦？就這樣？」

「對，就這樣。」

「以妳的個性來說，這個條件不會太簡單了嗎？我還以為一定會被妳使喚來使喚去。」

「是嗎？那要不要改成這個？對我來說完全沒問題，再多一個僕人也不錯。」

「啊，對不起。請採用剛才的條件吧。」

她竟然已經有幾個僕人了嗎？太可怕了吧。

「很好，就是要這麼順從才對。那麼，我告訴你明天的集合時間和地點。記得嚴守時間，要是遲到我可不會輕易放過你。」

「是！我絕對不會遲到的！」

接著，古井同學就將明天的所有行程內容告訴我。

看來她是要去時乃澤高中附近的大型購物中心，然後不知為何要我陪她一起去。

如果只是陪同買東西便願意幫我保密，那就太感激了。

不，等等。她搞不好買什麼都會叫我出錢。

嗚……不過，能用錢解決就認了吧。

「以上就是明天的行程，有什麼想問的嗎？」

「不，沒有問題。真的只要陪同買東西就行了嗎？」

「對，但你穿著要得體一點。如果衣服太土氣就直接滾吧。」

「我、我知道了。」

「事情都說完了。我有其他事，先掛電話嘍。」

「好。啊，可以再問一個問題嗎？」

「要問什麼？長話短說。」

「妳的偏差值和ＩＱ是多少？」

我基於好奇，忍不住問了這麼無聊的事情。

古井同學只憑少量資訊就完美地說中我的真實身分，腦袋一定相當靈活。

所以引起了一點我的興趣。

究竟古井同學只是個推理迷，還是天才呢？

「這個嘛，我並不是很喜歡炫耀，不過我國三時在高三模擬考中拿到的最高偏差值是七十三。ＩＱ沒測過，不知道有多少。那我掛電話了，明天見。」

說完，古井同學便掛掉電話，結束我們的對話。

聽到她最後說的偏差值後，我感到心服口服。

古井同學不只是重度虐待狂，腦袋還聰明得要命。

國三就去考高三的模擬考是怎麼回事啊？而且還考出高達七十三的偏差值，根本不是同一個次元的人。

這種天才就坐在我後面啊。會被發現也是理所當然的事情。

到底為什麼我的青春會一直風波不斷啦……

隔天，也就是與古井同學約定的日子——

我在約定集合的車站等待古井同學出現。昨天說好的集合時間是早上十點。

要是遲到會很麻煩，我不只提前五分鐘，而是十分鐘前就到了。

話說回來，這裡人真多。

可能是星期六的關係，車站到處都擠滿人。購物中心一定也是人滿為患。

我覺得很麻煩，另一方面也有點緊張。雖然絕對是來當跑腿的，但畢竟是跟青春洋溢的少女一起出門。

這就是世間所說的約會。

對於沒有交過女友的我來說，本來不可能發生的事情就這樣突如其來地降臨了。

不過，我已經非常了解古井同學的重度虐待狂傾向。只能做好心理準備。

好，時間差不多了吧。

我看了看手機畫面確認現在的時間，但還有五分鐘。

這麼短的等待時間意外地令人感覺很漫長。

正當我想著這種事情時，背後突然傳來呼喚我的聲音。

「咦？慶道同學怎麼在這裡？」

那個聲音清脆動聽，具有俘虜人心的魅力。

與此同時，那也是我相當耳熟的聲音。

我戰戰兢兢地循著聲音看過去，隨即發現……

九條正一臉疑惑地注視著我，穿著便服的她十分可愛。

那身打扮是怎樣……和穿著制服時截然不同，散發著一股時尚中帶著清新感的氛圍。

她以往的髮型都是放下來的長直髮，今天竟然綁成馬尾了！

既漂亮又可愛。面對兼具這兩點的超完美外貌，我一時說不出話來。

環視周遭，有很多人停下腳步盯著九條看。

不愧是有「千年一遇的美少女」之稱。

喂喂喂，我怎麼看得出神了啊！

重點是九條為什麼會在這裡？這是所謂的巧遇嗎？

不，就算是好了，這有可能嗎？一般是不可能發生這種巧遇的！

「呃……嗨，九條，早安。好巧喔，妳在這裡等人嗎？」

「嗯，沒錯。我和對方約好十點見面。真是太巧了，沒想到會在這裡遇到慶道同學。」

「我也是啊。竟然在同一天同一地點同一時間約人碰面，這種事可是很少見的。」

「真是不得了的奇蹟呢！」

「對啊。不過，話說回來，差不多快到集合時間了，怎麼人還沒來啊？明明說過不准遲到的……要是這麼說的本人遲到，那就本末倒置了。」

「說起來，跟我有約的人也還沒來呢。明明說好十點見面的，好慢喔～」

接著，我和九條像是很有默契似的，彼此這麼說了。

「古井同學該不會是睡過頭了吧？」

「古古該不會是不小心睡太晚了吧？」

幾秒的沉默過後，我和九條再次齊聲說道：

「「……嗯？你／妳剛才說什麼？」」

喂喂喂，等等，給我等一下。

九條剛才說了什麼？咦？她是不是有提到古井同學的名字？是我聽錯了嗎？

「妳、妳該不會也在這裡等古井同學吧？」

「咦？對、對呀，是這樣沒錯。但為什麼慶道同學會提到古古的名字呢？我什麼都沒聽說耶。」

「我、我也是啊。她昨天傍晚約我的，所以我現在才會在這裡。」

這很不對勁。我應古井同學的要求來到這裡，結果她本人不知為何沒來，反而是九條來了。

難道她忘記說九條也會來了嗎？

不，古井同學絕對不會出這種差錯。畢竟她單憑片面的資訊，就比誰都還要快發現我的真實身分了。

所以她是刻意瞞著不說嗎？

如果是這樣，目的是什麼？

正當我苦思著得不出解答的疑問時，放在褲子口袋裡的手機有電話打來了。

我看一下畫面，發現是未顯示號碼。

會是誰呢？

我懷著些許戒心，決定接起電話。

「喂？我是慶道。」

「哎呀，太好了。你有接電話，我就放心了。是我啦，是我。」

打電話來的竟然是古井同學。

她難道是看到寫在學生手冊上的手機號碼才打來的嗎？

不，那種事怎樣都無所謂啦！

必須快點問清楚這是什麼鬼情況才行。

「喂，古井同學！為什麼——」

古井同學用冷靜的語氣打斷我，接著說道：

「我知道。反正你想問的是『為什麼九條會在這裡？』之類的吧？」

「為什麼妳會知道啊……看來妳果然知道九條會來這裡吧？」

「是呀。雛海一定會提前五分鐘到，所以我知道她現在應該在你旁邊喔。」

「真、真厲害。然後呢？妳現在人在哪裡？我可沒聽說耶。既然九條會來，妳要先告訴我啊。害我嚇了一跳。」

「哎呀，對不起。我不小心就忘記告訴你了。」

「古井同學，妳絕對是故意的吧……」

「只是剛好忘了而已啦。大概吧，呵呵！」

「果然是故意的嘛！」

我還是第一次聽到有人這麼光明正大地撒謊！

「不過，先別管那種事吧，不然話題會一直停在這裡。」

「咦？好、好吧，我知道了。那妳什麼時候能過來？已經到約好的時間了耶。」

「抱歉喔，我今天不能去了。」

「咦？妳剛才說什麼？」

「其實我肚子超～級痛的（語調平板）。實在是痛到我都快要哭了～（語調平板）。誰來救救我吧～（語調平板）。事情就是這樣，之後交給你了。」

「喂喂喂！等一下啦，古井同學！妳講話一點情緒起伏都沒有耶！妳絕對沒有肚子痛吧！而且九條和我該怎麼辦才好啊？」

我身邊還有個對內情一無所知的九條。只有我一人的話，直接回去就行了，但再怎麼說九條都太可憐了。

九條也是依照約定時間來的，她沒有任何過錯。

我都如此抗議了，古井同學有辦法置之不理嗎！

雖然我是這麼想的，她卻說出了一番驚天言論。

「你在說什麼啊？我昨天不就說過了嗎？要你陪同買東西，所以請你照做。」

「啥？妳不來的話，我哪辦得到啊？」

「我從來沒說過要你陪我買東西喔。」

「……咦？」

聽到這句話，我回想了一下昨天的對話內容。

當時古井同學是說：「星期六要去買東西，你也一起來吧。」沒記錯的話是這樣吧？

如果那句話的意思並不是要我陪古井同學買東西……

不會吧！

「妳的條件難道是要我陪九條買東西嗎？」

「你終於發現啦。我可沒有騙你喔。我一次也沒說過要你陪我去買東西，這並不是謊言，全都是事實。」

「確、確實是這樣沒錯啦！」

「而你答應這個條件了。這也是千真萬確的事實，沒錯吧？」

被、被擺了一道……

我終於明白九條為什麼會在這裡等古井同學了。

本來是古井同學要陪九條買東西，現在變成我要陪九條去了。

按照那個重度虐待狂的思維，說什麼肚子痛絕對是假的，這是她故意設下的陷阱！

被、被擺了一道啊啊啊啊！

原本還想說條件也太簡單了，結果是這麼一回事啊！

混、混帳東西……我的勁敵古井同學！

「所以說，你今天一整天都要陪雛海買東西喔。敢逃跑的話，你知道後果吧？要好好陪她買完東西喔，再見。」

說完，古井同學對我的求饒充耳不聞，逕自掛掉電話了。

簡直像是在說：「你的抗議無效。」

不過，這真是傷腦筋。雖說是中招了，但我接下來……

得和「千年一遇的美少女」一起去買東西嗎？

我到底該怎麼辦才好啊？

現在這一刻，人見人愛的美少女——九條，就在我身邊。

要是可以和這種女高中生約會，應該有非常多人會感到興奮吧。

當然，我本來照理說也是其中一人才對。

但情況太糟糕了。對於想要隱瞞真實身分的我來說，這種情況相當不妙。

可惡……古井同學這傢伙……

「九條，那個……我有話跟妳說。」

我看向九條，告訴她古井同學今天不能來的事情。當然了，我是說古井同學因為身體不舒服才不能來。哎，她本人也在裝病就是了。

我們為什麼現在會在這裡？

釐清一切後，九條不僅沒有露出不開心的表情，甚至還揚起燦爛的笑容。

「原來如此……古古今天不能來了呀。即使如此，她至少要先告訴我慶道同學會來吧！真是嚇了我一跳呢！」

唔，好可愛……

明明只剩我和她兩個人而已，她臉上卻一點嫌惡都沒有，一直帶著笑意。真的好可愛。話說這種情況下還能展露笑容，她難道是女神嗎？

不，等一下！不行不行！

我絕對不能暴露真實身分！不謹慎點可是會露出馬腳的！

「慶道同學，你接下來有什麼打算？我本來要和古古一起去買衣服的，該怎麼辦才好呢？」

如果這時候可以讓九條一個人去買東西，我會覺得非常慶幸。

然而，古井同學交代我的任務是……

今天一整天都要陪九條買東西。

如果沒有達成這個任務，她之後就會揭穿我的真實身分。雖然我很想回家，但這麼做的話，我就死定了。絕不能逃跑。

好啊……誰怕誰！

我今天一整天就和「千年一遇的美少女」去約會買東西！

「既然都來到這裡了，我陪妳去買東西吧。反正回家也沒事做，而且很浪費車錢。」

「咦？沒關係啦！你跟我在一起會覺得很無聊的！只是看衣服而已！」

「這又沒什麼。我剛才也說了，今天一整天都沒事做，讓妳一個人去買東西太可憐了，我陪妳吧。」

「真、真的可以嗎……？」

九條猛地湊過來，抬起眼眸凝視著我。

那張美貌就近在眼前，我實在不知道眼睛該往哪擺。

「完全沒問題啊。商店應該都已經開門了，快走吧。」

「嗯！謝謝你！那我們走吧！」

於是，我和九條就這樣強制開始一日限定約會。

能夠和「千年一遇的美少女」一起買東西，在周遭男人的眼中或許會覺得很羨慕，但我才沒有閒暇享受那種優越感！

要陪她買東西，並小心真實身分不能曝光。這就是我今天的任務。

拜託了，千萬別出事啊……

現在時間是早上十一點過後——

在我們抵達購物中心後，過了一個小時左右。

九條想要配合新的學生生活購買最新的潮流服飾，連續逛了好幾間服飾店。

「噢！好棒！這件衣服超可愛的！設計很時尚，尺寸也剛剛好呢！啊～可是這件衣服同樣好可愛喔～咦，等一下！這件也很好看耶！唔～好猶豫喔！太傷腦筋了！」

然後，九條現在雙手拿著兩件衣服，對店內的時尚服飾藏不住興奮之情。

簡直就像是生日時猶豫該買哪樣玩具的小孩子。

她的眼眸宛如寶石般閃閃發光，不停地說話。這種高昂情緒已經持續大概一個小時了。

真令人意外，太意想不到了。

她在學校給人氣質清新、成熟穩重的感覺，私底下卻有點孩子氣。

「欸欸，慶道同學！這兩件你覺得哪件比較適合我？」

問、問我哪件比較適合她？

九條現在拿著的是白色的連身裙和襯衫。

連身裙讓九條更顯清新脫俗，營造出壓倒性的破壞力。對於擁有一頭黑髮並走清新路線的九條而言，是非常適合她的衣服。

至於襯衫則散發出不像高中生的成熟女性氣質，同時呈現漂亮與可愛的一面。能夠進一步襯托出天生的美貌，說是最適合她的衣服也不為過。

這是什麼終極二選一啊？未免太過困難了吧！

從我的角度來看，兩件都很適合她。應該說太適合她了，簡直是集破壞力於一身！

要我選擇其中一件啊……

兩件都很難割捨，該選哪件才好？

「慶道同學？你有在聽嗎？」

「啊、啊～抱歉，我剛剛在思考。」

「真是不好意思，你應該對女生的衣服不感興趣吧……」

「沒那回事啦，妳別在意。」

九條變得有些無精打采。我朝她一笑，繼續說：

「兩件都很適合妳耶，不能兩件都買嗎？」

「如果買得起，我兩件都想要。可是錢不夠，所以只能選一件才行！」

「真傷腦筋，這個抉擇太殘酷了。」

「嗯，我超～級猶豫的！」

九條嘟囔著：「唔～該怎麼辦才好……」臉色認真地陷入沉默。

現正當紅的女孩子，為了一件衣服而煩惱成這樣啊。

九條沉默了一會兒後，露出終於下定決心似的眼神，定定地凝視著我。

「慶道同學，我可以拜託你一件事嗎？」

「咦？是可以啦。」

聽到我的回答，九條揚起滿面笑容，這麼說道：

「我現在去試穿，你幫我看看哪一件比較適合我吧！」

「什麼？」

咦……喂，該不會……

九條的時裝秀要開始了吧？

「那我去那邊的試衣間換衣服，你等我一下吧！好期待唷～！」

九條就這樣走向試衣間了。

接著，她進去裡面後——

「哼、哼、哼～♪」

從試衣間傳出九條哼歌的聲音。看來她的興致相當高昂啊。

明明接下來即將展開九條的時裝秀，我怎麼會有股悶悶不樂的感覺？

我搞不懂自己是想開心，還是想逃避。周遭的視線也讓我有點在意。

九條走進店裡後，不只是其他客人，連工作中的店員都一直注視著她。

「喂，剛才那個女生是不是長得很像『千年一遇的美少女』啊？」

「不覺得剛才那個女生超可愛的嗎?長相好身材佳，根本犯規了吧。」

「剛才進去試衣間的女生是哪裡的模特兒嗎?」

四處傳來年輕男女的說話聲。有個那麼漂亮的美少女興高采烈地挑著衣服，看得入迷也是理所當然的事情。

「那我開門嘍!」

隨著換好衣服的九條打開門，穿著連身裙的姿態也隨之出現。

在試衣間周圍的店員和客人都被美得驚人的她奪去目光，幾秒間一動也不動。當然其中也包括我。

她本來就是走清新路線的美少女，但這點又受到了強化。

若要舉例形容現在的九條，便是穿著連身裙的純潔女神。

好身材就這樣一覽無遺，並凸顯出她的清新氣質，讓所有看到的人都拜倒在她裙下。

這、這股神聖的氛圍是怎麼回事啊?

原本的清新氣質進一步昇華，達到神之領域了啊。

「那、那個，慶道同學。怎麼樣……?好看嗎?」

見我不小心看得出神，九條紅著臉這麼問。

「我、我覺得很好看啊，非常適合妳。」

「咦？真的？我好高興。平常只有友里和古古會這樣說，所以有點新鮮呢，耶嘿嘿。」

看到九條露出滿面的燦爛笑容，那純真無垢的美麗模樣差點讓我的理性崩解。

這根本是開外掛了吧。

「那麼，我去試穿另一件唷！」

關上門後，九條再度哼起歌來。

為了看她一眼，人們從四面八方聚集過來。剛才那股神聖的氛圍大概環繞了店內一圈吧。

九條回到試衣間的同時，周遭又傳來說話聲。

「喂，那個少年該不會是男友吧？真羨慕他耶。」

「能交到那麼可愛的女友太猛了吧。」

「除了羨慕之外，我想不到能說什麼了。」

不過這次跟剛才不同，話鋒不知為何是指向我，而非九條。

周遭人們似乎以為我是她的男友。不……我並不是男友，各位誤會了。

先是在隨機殺人魔事件中被捧成英雄，怎麼現在又被當成「千年一遇的美少女」的男友啊？為什麼我老是受到這種奇怪的對待和誤會呢？

「慶道同學，我開門嘍～」

九條對這種狀況渾然未覺，語調歡快地緩緩打開門。

從她本人的角度來看，這不過是試穿罷了。

然而，她的外貌讓所有看見的人都成為俘虜。要是她穿上符合現今潮流的時尚服飾，帶著滿面笑容現身，會發生什麼事……

這不難想像。

「「「穿襯衫也好可愛！」」」

一看到九條穿襯衫的模樣，明明沒有事先商量好，周遭人們卻異口同聲這麼說了。

九條從剛才的女神倏然一變，散發著白領美女的氣質。充分烘托出清新大姊姊的魅力。

簡直是不得了。

「慶道同學，這件怎麼樣？」

九條跟剛才一樣紅著臉歪頭看我。

問我哪件比較好這種問題……

當然是兩件都超級可愛的啊！

到頭來，因為兩件都很適合她，我就隨便推薦白色連身裙了。

儘管當事人很高興地買下了，不過對我來說兩件都沒差。

我能說的只有一件事。

要是那場個人時裝秀繼續進行下去，我的理性一定會崩解。

唯獨這點我敢肯定。

◇◇◇◇

九條的個人時裝秀結束後，我們接著前往美食街。

已經中午了，本來以為一定會很多人，但實際來到這裡後，我們很快就找到兩人用的餐桌。

「那我們來吃午餐吧。啊，在那之前，我可以去廁所嗎？記得應該是在這一區的附近才對。」

我將東西放在座位後，立刻看往九條的方向。

「嗯，知道了！那我坐在這裡顧東西！」

「謝啦，我去去就回。」

我走了幾步張望一下，馬上就看到男廁的標誌。速速解決，趕緊回去找正在等我的九條吧。

我腳步加快，忽然回想起這一路歷經的苦勞。

誤中古井同學的陷阱時，我還在擔心事情會怎麼發展，但似乎可以順利度過這一關。

好，吃完午餐後也加油吧！

我再度切換心情，帶著充滿幹勁的表情前往九條等待的餐桌處。

一看到九條的身影，陌生的四個男人也一併映入視野。

乍看之下，應該是飛特族或大學生吧？

不過從髮型和服裝來看也很像流氓。他們不僅把兩側頭髮推高，身上穿的還是繡著龍的運動服。我看了一下附近客人的表情，大家全都嚇得畏縮起來。

那些傢伙再怎樣也不可能是九條認識的人吧。

這、這種不妙的預感是怎麼回事？我的胸口躁動不已。

難道說……她被流氓纏上了嗎？

第九話 相似

「不好意思！我已經說過很多次了，我不想和你們一起玩，請你們離開吧！」

慶道同學一去廁所，我就被四個像流氓的男人搭訕了。

從外表來看，對方可能具有格鬥技的經驗。

他們肌肉發達，身材高大，手臂甚至比我粗上將近兩倍。

嗚……我怕得要命。

要是惹怒他們，顯然下場絕對會相當淒慘。然而言聽計從的話，不知道他們會對我做什麼。

沒、沒事的。只要看著對方的眼睛堅定地拒絕，他們應該就會放棄的！

雖然我這麼想，現實卻背道而馳。

看起來像是流氓老大的人露出下流的笑容，對我秀出手機畫面。

我不明所以，就這樣看了一下畫面，映在上面的是……

我因為隨機殺人魔事件而接受採訪時的照片。

「唉唷～不要講得那麼無情嘛～話說妳……是網路上很有名的『千年一遇的美少女』本人吧？妳看，跟這張照片一模一樣。」

只要秀出這張照片，我就會乖乖聽話。他們一定是抱著這個打算才來接近我的。

但是，這時候屈服就完了。我要振作起來，獨力趕走他們！

「那、那種事情一點都不重要好嗎！我沒興趣搭理你們！」

「唉唷～不要這麼說嘛～有個人很想見妳一面喔～而且妳沒有否認照片的事情，代表妳承認了吧？」

「那、那是──！」

「沒想到會遇見名人，我們運氣真好耶～果然長得超正的～難怪會叫做『千年一遇的美少女』。」

「那、那個……我說過很多次了，我沒興趣搭理你們！」

「妳怎麼這樣啊～可是我知道妳的學校喔。是那間吧？時乃澤高中沒錯吧？要是妳敢拒絕，或是找別人幫忙，下次……」

流氓老大接下來說出的卑劣話語，讓我傻眼到說不出話來。

「我們就去學校找妳玩好不好呀～？」

怎、怎麼會變成這樣……要是他們跑來學校，連友里和古古也會受到牽連的。

不對，不只她們而已。

其他學生們可能也會遭殃。

怎、怎麼辦……我該如何是好？

我想不到任何能夠順利勸退這些流氓的方法。

奇、奇怪了？

我的手怎麼在顫抖？我的呼吸怎麼急促了起來？

「怎麼樣？想好了沒？要過來嗎？」

即使我感到畏懼，嚇得全身發抖，流氓們的眼神依舊沒有絲毫和緩。

看他們的眼神，彷彿已經勝券在握。

這些人很清楚我會做出什麼選擇。

慶道同學，對不起。

我不能給大家造成麻煩。我想保護友里和古古，不願讓她們受到傷害。

「我、我明白了……我跟你們走。那個……請你們不要來學校，不要對我的朋友出手……我會承擔起一切，所、所以……」

「咦？真的假的？那走吧。妳只要乖一點，我們就不會去學校啦。不管我們說什麼，妳都要照辦喔。」

「……好、好的，我知道了。」

我好害怕，好無助。

他們一定會對我做出很多殘暴的事情。

不過，只有我受傷的話就沒關係，我絕對不想看到友里或古古受傷的模樣。

忍耐吧，用力壓抑想哭的心情。

「那就走吧。」

正當流氓老大攬住我的肩膀，準備離開這個地方之際——

「喂，你們幾個，給我離九條遠一點。」

我反射性地循著聲音看過去，發現慶道同學眼神銳利地瞪著流氓們。

即使面對任何人都會畏縮的四個壯漢，慶道同學也完全沒有發顫的模樣。

不僅如此，他的表情甚至像是在威脅恫嚇流氓們。

「嗄？你這傢伙是誰啊？她的男友？」

「不是，我只是陪她來買東西而已。」

「啥？你在講什麼莫名其妙的話啊？總之別礙事好嗎？」

流氓老大的表情跟剛才截然不同，威懾力增加，宛如一頭即將展開狩獵的猛獸。

但是，無論對方釋放多少殺氣，慶道同學都沒有後退半步。

他甚至走到非常近的位置，猛力抓住流氓老大放在我肩膀上的手。

「不好意思，你們可以立刻遠離九條嗎？而且你們給其他客人添麻煩了。」

「嗄？你以為你是誰啊？突然過來幹嘛？」

「我再說一次，立刻遠離九條。」

「你很囂張嘛？就憑你這瘦巴巴的身材打得贏我嗎？」

慶道同學和流氓老大的體格有相當大的差距。

如果他在這裡挨打該怎麼辦……

這股不安襲上心頭，我不禁看向慶道同學。

「慶、慶道同學，這、這太危險了。我會聽他們的話，所以沒事的，你不會受到傷害。」

「那為什麼只有妳非得受傷不可呢？」

「……咦？」

「我明白妳不想給其他人造成麻煩的心情。不過，身為一個人，我無法對這種情況視而不見。再說，雖然妳在逞強，但身體從剛才開始就抖得很厲害。我想聽聽妳的真實想法。妳希望我怎麼做？」

我、我希望他怎麼做？

這種事不用多說，答案當然只有一個。

「救、救救我……」

聽到這句話後，慶道同學轉頭看我，臉上揚起微笑。

「我就是在等妳這句話。放心吧，我會想辦法解決。」

看到他的表情，聽到這句話，我的心不可思議地安穩了下來。

怎、怎麼回事？這種感覺……咦？

我覺得自己不是第一次看到慶道同學這張笑臉，好像在哪裡看過。

當我陷入疑惑時，過去的記憶忽然復甦。

遭到隨機殺人魔襲擊的那天……

——我會想辦法解決。

我也聽到了這句話。

隨機殺人魔事件是將近兩個月前的事情了，我無法清晰地回憶起來。

事件發生時，我腦中一片空白，只記得自己非常害怕。

儘管如此，我的腦袋——

不對。

我的本能是這麼告訴我的。

在地鐵拯救美少女後
默默離去的我，
成了舉國知名的英雄。

慶道同學酷似當時拯救我的男學生。
難道慶道同學就是……

第十話　擊退

看到九條遭到流氓們纏上，我沒辦法袖手旁觀。

一旦真實身分暴露，等同於宣告我的學生生活結束。很多事情都會變得很麻煩。

但是……

眼前的朋友一臉為難的模樣，怎麼可能坐視不管啊？

九條向我求救後，我狠狠瞪著眼前的流氓。

「不管你是誰，快點滾吧，小心吃我拳頭。」

「那是我要說的。」

「是喔？你可能想當個正義的英雄，但其實超遜的好嗎？」

看起來像是流氓老大的男人使勁揪住我的前襟。

對方是一群人，相對之下我只有一人。

以人數來說，顯然對我不利。然而，不能因為這樣就退縮。

「話先說在前頭，我是學過格鬥技的。要讓你見識一下實力的差距嗎？」

原來如此。看那身體格，的確不像在說謊。

但大概沒什麼本事。畢竟流氓的臉上和手上都沒有任何傷口。

一般在練習格鬥技時，多多少少都會受傷。而且真正具有格鬥技經驗的人，才不會在眾目睽睽之下挑釁他人。

八成是隨便練過幾下而已吧，頂多比外行人厲害一點，不成問題。我的師父和隨機殺人魔可怕多了。

「你幹嘛從剛才就一直看著我不說話啊？難道是在怕我嗎？」

話音剛落，流氓就一口氣拉近距離，朝我的臉揍了過來。

「慶道同學！」

眼見拳頭迫近，九條不禁脫口喊道。

她眼中看到的一定是我落敗的模樣。

但我不僅以前學過武術，還在對抗持有利刃的隨機殺人魔之後無傷而返。

這點程度的拳頭，小意思罷了！

啪！

我單手用力抓住流氓的拳頭。你的攻擊跟隨機殺人魔比起來，完全不值得我害怕！

「啥？」

面對意料之外的發展，流氓掩飾不住內心的慌亂。

這是當然的了。他瞧不起的傢伙只憑一隻手就擋住自己的拳頭，若不感到訝異反而不正常。

「你、你是什麼來頭！」

「沒什麼……就是個普通高中生啊！」

我就這樣抓著流氓的拳頭往後轉身，直接把他扛起來扔出去。

砰咚！

身體重重摔在地上的聲音響徹周遭。

流氓被我扛起來扔出去後，因為劇痛而站不起來。

我再次轉向前方，狠狠地瞪著其他流氓。

「這樣就夠了吧？你們快給我滾。敢再對我朋友出手，下次可不會輕易放過你們。」

要是不聽話真的會完蛋。

他們心中大概是這麼想的吧。

「可惡！我記住你的長相了！總有一天你會後悔今天妨礙我們的！」

流氓們很快就聽從我的要求，架起他們的老大離開了。

呼～

這樣一來，盯上九條的卑劣傢伙們就順利消失了。應該已經沒事了吧。

「要是再遇到麻煩就告訴我。妳很有名，會被那種壞人纏上也沒辦法。無論何時我都會幫妳的。」

九條是日本首屈一指的美少女，每個人都認可她的美貌，甚至用「千年一遇」來形容。

那種壞人會來接近她沒什麼好奇怪的。

雖說我不能暴露真實身分，但朋友陷入危機時，還是想要出手相救。

畢竟我不想看到她受傷。

「謝、謝謝你，慶道同學……」

我們四目相交的瞬間，九條立刻垂下視線避開了。

咦？她是在躲我嗎？

她的反應讓我感到有點不安，接著，我聽到她低聲吐露了這麼一句話。

「你、你剛才非常帥。」

她滿臉通紅，羞澀地說出這句話。我看到她這副模樣，不禁有些怦然心動。

古井同學，雖然妳害我遇到一堆麻煩事，但我現在有點感謝妳。

真是的，果然超可愛的啊！

吃完午餐後，我們離開購物中心，開始下午的遊玩時光。
畢竟還有時間，現在就回家有點可惜，我和九條的約會便繼續下去了。
我想要隱瞞真實身分到底，卻又對這個發展感到高興。
一開始的確覺得麻煩，但九條真的人很好，而且非常可愛。
很少有機會能跟這樣的女孩子約會。那就稍微玩樂一下，並小心別暴露真實身分吧。
於是，我們來到電子遊樂場。
沒有錢的男女能玩的地方很有限。在遊樂場可以適度消磨時光，也能玩得很開心。
我們找到兩人遊玩的遊戲，立刻開始遊玩。
「哇、哇啊啊啊啊啊啊啊啊！慶、慶道同學！殭、殭屍很多耶！該、該、該怎麼辦才好？」
我們第一個玩的是名叫「世界恐慌」的殭屍遊戲。
用槍不斷射擊畫面上的殭屍。這個遊戲簡單又刺激，還滿受歡迎的。
我對這種類型的遊戲很熟悉，生命值是滿的，不過九條只剩一點點。

沒想到九條這麼不會玩遊戲。她看起來認真精明，卻也有糊塗的一面。

「數量這麼多的話，用槍不好對付，要使用手榴彈。」

「好、好的！我知道手榴彈的按鍵，但要怎麼丟呢？」

「槍的側面不是有十字鍵嗎？朝妳想要丟的方向按下去。」

「謝謝！那我丟嘍！」

九條就這樣丟起手榴彈，但不曉得為什麼，她丟的方向並不是殭屍，而是我這邊。

手榴彈掉落在腳邊，緊接著——

砰！

我腳邊發生大爆炸。生命值一口氣歸零，直接死亡。

「等等！妳往哪裡丟啊？怎麼可以丟我啦？」

「對、對不起！我搞錯了！」

傻瓜，這個女生是不折不扣的傻瓜啊。我還是第一次看到這麼搞笑的失誤。

「怎、怎麼辦，慶道同學？我剛才就那樣把手榴彈用掉了，殭屍還這麼多！」

「九條，依妳的生命值是活不下去的。」

如我所說，九條遭到大批殭屍攻擊，理所當然地死亡了。

這種結束方式我還是第一次遇到。

第十話
擊退

「對、對不起，慶道同學……我害你死掉了。」
看到九條垂著頭露出沮喪的表情，我也難過了起來。
「別放在心上啦，只是遊戲而已。這樣也滿好玩的啊。」
「真、真的？你沒生氣嗎？」
「我哪會因為這點小事生氣啊？啊，不過……」
「不過？」
「我知道九條妳是個糊塗蛋又不會玩遊戲了。下次我要在學校宣傳這件事。」
「你、你不可以這樣啦——！」
九條面紅耳赤地抓著我的衣服搖來搖去。
連生氣的臉龐都令人覺得很可愛。
「開玩笑的啦，我不會告訴別人的。」
「真的嗎？約好嘍？」
「當然了。」
即使沒有約定，我打從一開始也就沒打算張揚出去。
「謝謝！那麼慶道同學！我們去玩其他遊戲吧！」
「嗯，好啊。」

九條切換心情後，緊緊握住我的手，就這樣走了起來。

喂，不會吧？

我們牽手了。九條的手原來這麼柔軟嗎？

觸感彈彈嫩嫩的，而且又很小，簡直像小嬰兒的手一樣。

當我因為跟九條牽手而有點感動之際，她突然停下原本不斷走動的腳。

「嗯？九條，怎麼了？」

我看了看九條的表情，發現她臉色發白，身體也在顫抖。

難道是撞鬼了？

但現在才剛過中午耶，幽靈要出現還太早了吧？

「慶、慶道同學，那、那些人……」

我循著九條的視線看過去，在那前方是……

剛才那群流氓正往我們這邊走來。

「喂，他們怎麼會在這裡啊！還學不會教訓嗎？」

明明才剛警告過他們，現在又當作沒事一樣地來找我們，真是不敢置信！

太出乎意料了，反倒要佩服起他們。換作是我絕對不會這麼做。

「我、我想應該是巧合而已……他們好像沒有發現我們。」

第十話
擊退

聽到九條這麼說，我再次仔細打量那些流氓。

他們正在看周遭的遊戲機，完全沒往我們這邊望過來，甚至還一臉開心地交談著。所以是碰巧來這裡的嗎？

為什麼會接連發生這麼多問題啊……

「怎、怎麼辦，慶道同學？他們越走越近了！再這樣下去會被發現的！」

一旁的九條提心吊膽地看著，同時驚慌了起來。

「先找個地方躲起來吧，要是被那些傢伙發現會很麻煩的。」

「說、說得也是！那、那我們躲在這裡吧！慶道同學！」

說完，九條立刻抓緊我的手，強行將我拉走。

「等、等等，要去哪裡啊！」

「一群男生絕對不會進來或靠近的地方，我只想得到這裡了！」

九條明明很慌張，眼神卻不知為何充滿自信。看她的模樣，應該真的是很好的躲藏地點。

那些傢伙不會靠近，絕對不會踏進來。

究竟是什麼樣的地方……

「到了！這裡一定沒問題！」

九條強行拉著我來到的地方……

竟然是大頭貼區前。

這裡的確是躲避流氓們的絕佳地點。只有男生的話，不太可能踏進來。

不過，大頭貼是女生或情侶的專屬區域。我們要進去嗎？

「待在裡面就能安心了！快進去吧！」

「知、知道了。」

雖然我不想進去，但只能照做。畢竟流氓們這時候也正朝我們走近當中。

總好過直接迎頭撞上。

我和九條就這樣進入一台大頭貼機，暫時躲起來。

大頭貼機的出入口有遮起來，所以看不到臉。除非探頭進來看，不然是不可能會被發現的。

「好險喔！」

大概是暫且安心了吧，九條大口吐著氣，讓心情平復下來。

「我們在這裡面消磨一下時間，再視情況離開電子遊樂場吧。」

「說得也是！我也覺得這樣比較好。」

我很高興她贊成我的意見，但接下來才是問題。

第十話
擊退

孤男寡女待在狹窄的空間裡……
到底該做什麼才好？剛才是因為周圍有遊戲機才能玩得很開心，現在可沒有了。
有的只是大頭貼機的操作畫面。
該怎麼消磨時間？
正當我陷入苦思之際，耳邊傳來了語尾彷彿帶著四分音符的語音導覽。
『歡迎光臨！點擊畫面選擇拍照模式吧！』
看來只要有人進來就會自動播放語音，畫面上顯示著各式各樣的照片模式。
原來大頭貼機裡面長這樣啊。我是第一次進來，覺得有點新鮮，很感興趣。
見我好奇地凝視著畫面——
「那、那個……慶道同學……要拍拍看嗎？」
這時，九條小聲地提議。
她的視線不斷在同一處來來回回，但仔細一看的話，就會發現她不時在注視著我。
她非常在意我會怎麼回答嗎……
沒有交往的男女一起拍大頭貼，老實說很害羞。
不過，我也不想就這樣乾站著沒事做。
或許以後不會再有跟女生拍大頭貼的機會了。

再說，又不是拍個大頭貼就會暴露真實身分，也不會產生新的火種。就跟她一起拍吧。

「麻、麻煩妳了……」

「好、好的，如果你不嫌棄的話。」

我們彼此都滿臉飛紅。

這個發展是怎麼回事？搞得我超級害羞的啊！還有九條同學，請妳不要抬眸注視著我！

「那、那我們來拍吧……請、請多指教喔。」

「好、好啊，我是第一次，妳帶領我拍吧。」

九條冷靜地點擊畫面，選擇拍照模式。

接著——

『五秒後開始拍照！要靠近一點才能入鏡喔！』

又聽到了那個情緒高昂的語音導覽。

竟然已經要開始了啊？我、我還沒做好心理準備耶……！

『大家臉靠著臉，露出最燦爛的笑容吧☆那麼～靠近一點喔♡』

語音導覽播完之後，九條突然將肩膀靠過來。

「來，慶道同學！身體再靠近一點！」

「咦？等等？」

九條不理會我驚訝的反應，繼續說：

「來，慶道同學笑一個！三、二、一……」

「知、知道了！」

緊接著就是一連被拍了好幾張照片。

我不上相，臉拍得很醜，坦白說根本不能看。眼睛被放大導致五官比例失衡，簡直像是整形手術失敗一樣。

這、這就是我嗎……我對映照在畫面上的自己感到絕望。

「九條，抱歉，只有我看起來很噁心。」

九條與我相反，不管哪張照片都很完美。

真的拍得很可愛。可愛的女生果然也很上相。

見識到壓倒性的差距，我陷入沮喪之中。

「慶道同學的臉真的很有趣耶！那我幫你加上這個！」

九條笑著用觸控筆在我的臉上畫起亂糟糟的鬍子。

臉本來就很噁心，現在又長出濃密鬍子，連人類都不是了。這單純就是個怪物啊。

「九條，妳竟敢在我臉上畫鬍子！」

我不能就這樣忍氣吞聲。

為了回敬九條，我用另一支觸控筆把她整張臉變成紫色。

因為這個緣故，她看起來像是吃到毒菇一般，給人截然不同的印象。

「啊！真過分！那我也要這樣對你！」

「啊，哪有人這樣的？那我也要！」

我們像這樣玩弄彼此的臉，結果呈現出來的照片簡直慘不忍睹。

九條的臉像是病入膏肓的病患，我的臉則變成了怪物。

我們盯著完成的照片看了一會兒，然後迎上彼此的視線。

「「噗、噗哈哈哈哈哈！」」

我和她都自然而然地笑了起來。

看到照片弄得這麼滑稽有趣，我們捧腹笑成一團。

可能笑了至少十秒以上。

即使笑到流眼淚也不在意，一直笑個不停。

我還是第一次這樣。

跟女孩子一起笑得如此開心。

◇◇◇◇

對彼此的怪臉爆笑過後，我們悄悄地跑出大頭貼機，就這樣衝向遊樂場的出口。

跑到一半時，我看了一下流氓們的方向，但他們應該沒發現，連視線都沒有朝我們看過來。

巧合真是可怕。不過這樣一來，總算是逃離危險狀況了。

「好險喔，慶道同學！啊，對了！趁我還沒忘記，這個你收下吧！」

九條將剛才拍的大頭貼遞給我。

「雖然也可以把照片傳送到手機，但我怕給你造成麻煩，畢竟這又不是女友的大頭貼，不會想存在手機裡吧。不過還是希望你至少收下這張照片，當作今天的回憶……」

九條歪著頭，一邊觀察我的反應，一邊這麼說道。

那對凝視著我的眼眸泛著水光，感覺我拒絕的話，她就會哭出來。

受到如此水汪汪的一對眼眸注視，我也很傷腦筋。

「好，我收下了。我會好好珍惜的。」

「謝謝！我也會好好珍惜的！」

我又看了一次九條給的照片，我的臉果然很可怕。

皮膚像是塗了白粉一樣慘白，眼睛還大得要命。

嘴巴周遭長著亂糟糟的鬍子，頭上莫名其妙開著一朵鬱金香。

應該寫上小心閱覽才對。但不是只有我這麼可怕。

九條也一樣。

她整張臉都染上紫色，眼睛裡被畫上星星符號。單看眼睛很像少女漫畫，整張臉一起看就很恐怖了。

彼此的臉都弄得慘兮兮的。

不過，我們是在一陣爆笑中加工的，意外地很好玩。

「這張照片要是被其他人看到就完了，無論如何都要死守住。」

「對呀，必須放在書桌抽屜的最裡面才行。」

「沒錯。好，既然沒事了，先離開這裡吧。如果又撞見那些流氓會很麻煩的。」

雖然我們目前正在電子遊樂場外面，但離出入口非常近。繼續待在這裡的話，可能又會撞見他們。

而且天色不知不覺間染上了一片紅霞。

我看了看手機畫面，現在是下午五點三十分。時間流逝得還滿快的。

「快要六點了，妳打算怎麼辦？要吃完晚餐再回家嗎？」

我提議下一個去處，但九條繃著臉。

她的表情看起來有點難過。

「已經這麼晚了啊……抱歉，慶道同學。我早上跟媽媽說過會回家吃晚餐。」

「這樣啊。那我們就在這裡解散吧。」

「嗯，好呀。一起走到車站吧，慶道同學！」

九條說完這句話，下一刻——

她的笑靨偶然與夕陽重疊，那充滿神祕感的姿態映入我的眼簾。

染紅的天空和閃耀光輝的燦爛笑靨。看到兩者在眼前結合在一起，我的腦中……

好美。

只想得到這個詞彙。

「千年一遇的美少女」果然很厲害。

◇◇◇

後來，我們走了一陣子，來到最近的車站。

遭遇隨機殺人魔之際，我和九條是在同一班電車上，所以我以為我們路線相同，結果並不是。九條的家位於相反的方向。

當時，她應該是有什麼事才會剛好跟我搭同一班電車吧。

「慶道同學，今天很謝謝你。我過得超開心的！」

九條在驗票閘門前向我道別。

她的眼睛笑咪咪的，我想她是真的過得很開心。

第一次跟異性約會，沒想到能玩得這麼愉快。我現在有點理解嫉妒現充的人是什麼心情了。

「嗯，我也過得非常開心。回家路上要小心喔。」

「好！你也是唷。」

九條這麼說完之後——

『第三月台，電車即將進站。』

車站廣播剛好響起，九條要搭的電車已經來了。

「我得走了，再見嘍！」

「嗯！」

九條背對我準備跑走，但才剛動一下就停住了。

她在做什麼？

我感到疑惑。而九條轉過身來，定定地盯著我的眼睛。

「那、那個，慶道同學……我可以拜託你一件事嗎？」

我聽見她小小聲地這麼說。

「嗯、喔，什麼事？」

「就、就是呀，那、那個……」

怎、怎麼了？扭扭捏捏，簡直像是有話想說，卻無法鼓起勇氣說出口似的。

她現在就是這副模樣。

她究竟想說什麼？

我看不出九條的想法，不禁歪起腦袋。

經過幾秒的沉默後，九條終於開口了。

「希望你可以叫我的名字，而不是姓氏……」

「咦？名字？」

面對意想不到的提議，我自然而然地脫口回問。

直呼異性的名字。

這是男女剛開始來往時經常出現的典型情境。當然了，不一定是情侶，親密朋友也會如此。

但一般來說，這種事只會發生在現充身上。

我和現充這個詞彙處於正相反的位置，卻突然遇到這種狀況了。

「那、那個……比起姓氏，我比較喜歡你直呼我的名字，所以忍不住就……」

九條迅速垂下視線避開，小聲嘟囔著。

我搞不懂事情為什麼會變成這樣。

九條是正面意義上的少根筋，猜不到她腦袋在想什麼。不過可以確定的是，她很信任我。

不然她不可能會主動提出這個要求。

我也不是不能拒絕。但九條是個好人，而且仔細一想，直呼名字又不會造成什麼問題。

「……嗯，我知道了。再次請妳多多指教啦，雛海。」

我一直呼她的名字，雛海的視線就回到我身上，同時揚起了嘴角。

「謝謝你！我超高興的！我以後也叫你小涼喔！那電車來了，我走嘍！拜拜！」

「好，星期一見，雛海。」

「嗯！」

雛海最後朝我露出燦爛無比的笑容，接著便背過身去，走向月台。

而且還雀躍地踩著小跳步……

如此這般，似長卻短的約會劃下句點。

誤中古井同學的陷阱時，我還在擔心該怎麼辦，沒想到會玩得這麼開心。

還看到雛海各種不同的一面。

她既孩子氣又單純，認真的性格下藏著糊塗的一面，而且很愛笑。

笑起來超級可愛的。

明明打算隱瞞真實身分到底，卻又希望能多多待在雛海身邊。

我在心中一隅如此想著。

第十一話 目的

與雛海的約會結束後，我順利回到家中。

「啊～有夠累的～好想倒頭就睡喔～」

我直接走進房間，就這樣用力飛撲到床上。

緊張和疲勞猛地席捲全身。和女孩子出遊將近半天果然很累人。

在柔軟觸感的包覆下墜入夢鄉也不錯。但我還沒洗澡，也沒有刷牙，飯也還沒吃。就算現在睡著了，等一下也會被妹妹叫醒。

我一邊抵抗睡魔，一邊呆呆地望著天花板。

儘管問題接踵而至，但應該都迴避了吧。

要是雛海發現我的真實身分，各方面都會很麻煩。

我絕對不要在社會大眾將我捧成英雄的時候主動承認真實身分。守緊口風，靜靜地待在她身邊才是上上策。

正當我思考這些事情之際——

「哥，我進來了～」

美智香又沒有敲門就踏進我的房間了。

「妳啊，我說過很多次了，至少敲個門啦。能不能不要隨便走進青春期的男生房間啊？」

「敲門很麻煩。反正依照哥的個性，八成是在看色色的影片吧？這麼明顯還需要在意嗎？」

「喂，看破不說破才是體貼好嗎？」

她對我還是一樣很隨便。哥哥今天很努力，可不可以稍微溫柔一點？

「所以妳來幹嘛？叫我吃飯嗎？」

「遺憾，答錯了。有人打電話給你。」

「咦？電話？」

美智香走近我之後，將手上的話筒遞給我。

電話啊……

不知道為什麼，雖然她還沒告訴我是誰打來的，但我大致猜到了。

「對方是古井同學嗎？」

「對啊，真虧你猜得到。」

我就知道……

現在這時間，就算約會已經結束也不奇怪，她想必是來詢問感想的。

但我沒辦法在筋疲力盡的情況下，跟有幾個「超級」都不夠形容的重度虐待狂講電話啦！

絕對沒辦法！

「美智香，妳跟她說，哥哥一直在睡夢裡叫不醒。如果現在跟古井同學講話，我可能會死掉。」

抱歉，我先逃了，古井同學。等精力和體力都恢復之後，我再回電給妳！

「啊，哥，我忘記說了，我沒按保留鍵，現在還在通話中喔。古井同學叫我不要按保留鍵。」

那個重度虐待狂——————！

她早猜到我會逃走，才會那樣要求美智香吧！

剛才的對話不就都洩漏出去了嗎！

「我、我知道了！我會加油的，妳快出去吧！」

「好。」

將話筒交給我後，美智香便離開房間了。

房間恢復安靜，我輕輕將話筒放在耳邊。

「喂、喂……？」

短暫沉默後，聽筒傳來古井同學的聲音。

「夢裡的世界怎麼樣？有好好享受嗎？還是在看色色的影片呢？」

「我、我錯了……對不起。」

可惡！對話全部被她聽到了，沒辦法逃避！也不能找藉口！

「你以為有辦法逃離我的手掌心嗎？」

「真的很抱歉……」

「算了。你現在有空嗎？我們談談吧。」

啊哈哈哈哈哈～跟古井同學談談嗎……

我心中充滿不妙的預感啊！

「請問您要談什麼？」

「等等，為什麼你講話那麼恭敬？簡直像是在跟霸凌下屬的上司講電話一樣。」

「呃，我確實就像是遭到霸凌……」

「你剛才說了什麼嗎？」

「沒有！我什麼都沒說！」

我絕對不敢反駁重度虐待狂。

更何況古井同學是這世上唯一知道我真實身分的人。要是不小心刺激到她，不曉得會有什麼下場。

「是嗎？那就馬上進入正題吧。」

「好、好啊……」

我嚥下口水。

在緊張與不安的夾擊之下，我冷汗流個不停。繼約會之後，究竟該做什麼才好？

拜託了，千萬不要提出好萊塢電影裡常見的胡亂要求啊……

雖然我很緊張，但古井同學說出口的話令我很意外。

「今天的約會開心嗎？」

「……什麼？感想嗎？」

「對，你和雛海玩得怎麼樣？」

「呃，嗯，非常開心喔。我很高興能看到雛海不為人知的一面。」

「是喔～」

這、這種意味深長的附和聲是怎樣？難道我說了什麼不該說的話嗎？

不，我只是講出感想而已，應該沒有踩到地雷。

「原來如此，你也是個很行的男人嘛。」

「什麼很行……我真的什麼都沒做啦。」

「不是那方面的很行。」

「咦？那妳是指什麼？」

「你們好像建立起信賴關係了嘛。」

「信賴關係？」

「對。」

古井同學繼續說下去。

「去約會之前你都是說九條，現在卻改說雛海了。我不知道你們發生什麼事，但可以確定的是你和雛海的關係更進一步了。」

這、這個人……真的很敏銳！竟然在分析我！

「是、是啊。」

「看到雛海不為人知的一面覺得如何？」

「覺得如何……總之再次意識到她是個很好的人。」

「這樣啊，我很高興能聽到這句話。我的目標已經達成了。」

「目標？」

「對，你以為我是隨口叫你去約會嗎？我是想讓你了解雛海的優點。」

什麼意思？

古井同學不是為了捉弄我才叫我去約會嗎？

彷彿刻意忽略滿腹疑問的我，古井同學繼續說下去。

「你被社會大眾捧成英雄，所以想要隱瞞真實身分到底。我懂你的心情，要是處在相同的立場，我也會這麼做。不過，我不希望你只因為這樣就躲著雛海。她真的很單純、孩子氣又少根筋……卻也比任何人都要溫柔體貼。我想讓你明白這一點。如果你不討厭她，就陪伴在她身邊吧。」

知道古井同學的目的後，我不禁陷入沉默。

我還以為她一定是想要惡整我才這麼做的，但實際上並非如此，

單純希望我和雛海成為朋友。

這才是古井同學期望的事情。如果沒有今天的約會，我就不會看到雛海各種不同的一面。

也不會變得這麼要好。

要是我一直擺出遠離雛海的態度，不知道事情會怎麼發展……

「我因為個性的緣故，一開始沒有順利融入校園生活中。雖然成績優秀，話卻相當少，

讓人難以接近——周遭的人都是這麼說的。有很長一段時間，大家都離我遠遠的。不過呢，只有雛海不同，即使是像我這樣的人，她也會和顏悅色以待。多虧有她在，我才能和周遭的人打成一片。所以我不希望雛海跟我有一樣的遭遇，莫名其妙就被排拒在外，其實還滿令人難受的。」

「……這樣啊。原來如此，我明白妳的目的了。我確實太過執著在隱瞞真實身分這件事上。雛海是個好人，沒必要躲她。我不會再強迫自己遠離她了。」

「……好，謝謝你。」

「不，這是我要說的。如果沒有妳，我們不會變得這麼要好。」

「我不需要你的感謝。另外，我今後也會繼續捉弄你，做好這方面的心理準備吧。」

「喂喂喂，真的假的啊……」

「誰教你這麼好玩？」

「真是個惡女耶……」

「對，這就是我。」

「但沒想到妳很關心朋友，也有和善的一面呢。」

「咦？」

「畢竟妳為了讓我和雛海加深交流而設想了許多事，還幫忙隱瞞我的真實身分，出乎意料地和善嘛。雖然會捉弄人就是了。」

「少、少拿我開玩笑！小心我宰了你！我只是想讓你了解雛海的優點而已！」

奇、奇怪了？

剛才一瞬間，古井同學的語氣好像有點慌亂……？

難道說，她很害怕被稱讚嗎？

「時、時間差不多了，我要掛電話嘍。啊，最後還有一件事忘了告訴你。」

「咦？什麼事？」

嘶～

隔著話筒，我聽到古井同學吸氣的聲音。

她要提高音量說話嗎？

「我只說一次，你仔細聽好了。」

接著，古井同學這麼說道。

「謝謝你當時保護我的好友不受隨機殺人魔傷害。我很感謝你，涼。」

說完，她大概壓根兒沒打算聽我的反應，逕自掛掉電話了。

今天了解到雛海各種不同的一面，也發現了古井同學令人意外的一面。

儘管她是有幾個「超級」都不夠形容的重度虐待狂女子。

卻也具有關心朋友且傲嬌的一面。

隔週，星期一來臨。

「呼啊啊～好睏，超睏的。」

我半瞇著眼睛，走在前往學校的路上。

雖然從最近的車站走到學校是一條直路，但還是滿遠的。幸好現在是春天，夏天應該會走得很辛苦。

正當我想著這種事情之際——

「早安！小涼！」

後面傳來呼喚我名字的聲音。

錯不了的。我現在光聽聲音就知道。

「嗨，雛海，早安。」

我轉向後方，便看到被網友們封為「千年一遇的美少女」的雛海站在那裡。

其實不回頭也沒關係，但打招呼還是要好好看著對方的臉才行。

第十一話
目的

雛海走到我旁邊後，我們一起邁步前進。
「小涼都是這個時間上學的嗎？」
「對啊，要是遲到就不好了，我都盡量提早來。」
「這、這樣啊。我、我也都是這個時間上學的。」
「是喔～好巧呢。」
「就、就是說呀……」
雛海不時瞥著我，一副有話想說的表情。
難道說……
她想要跟我一起上學嗎？
我並不是很肯定，但感覺上是這樣。
才剛這麼想，我的腦中就掠過星期六和古井同學的對話。
既然約定好了，就必須守約才行。
「不介意的話，我們明天起一起上學如何？」
一聽到我的提議，雛海的眼睛瞬間綻放光采。
「真的？如果不麻煩，從明天起，那、那個……我想和你一起上學。」
「一點也不麻煩啊。那我們就這個時間在車站集合吧。」

「嗯！」

雛海在我身旁露出欣喜的笑容。

我不能打破跟古井同學的約定，雛海又是個好人。以後不要再躲她了。陪伴在她身邊吧。

當然了，還是要小心真實身分不能暴露。

第十二話　與友里的日常

某天放學後，在學校圖書室的櫃檯，我和友里都露出了死魚眼。

「好閒喔～涼同學。」

「是啊～友里同學。」

「真的好閒喔～」

「是啊～」

這種對話已經持續了五分鐘左右。

圖書室裡只有我和友里兩個人。而且工作都做完了，沒事可做。

簡直閒得發慌。

放學後在圖書室工作是圖書委員的職責。今天輪到我們班的圖書委員。因此，本來是擔任圖書委員的友里和相澤同學要待在這裡……

但相澤同學今天請假沒來。

於是就由擔任班長的我來填補空缺。而這當然是華老師強迫的。

今天因為教職員會議等因素，學校只上半天課，圖書室才會如此靜謐無聲。

畢竟學校的課在上午就結束了，不可能有學生留在圖書室靜靜看書。

大家八成都去玩樂或打工了。

可惡……照理說我現在也應該要在自己房間玩音遊才對啊。

「涼～我們來玩文字接龍吧～」

「剛才不是玩過了？」

「有什麼關係？我先開始喔。蘋果（Ringo）。」

「飯（Gohan）。好，結束（註：日文沒有N開頭的單字，因此說出N結尾的單字就會輸掉遊戲）。」

「等一下啦～！你認真玩好嗎～！」

「這是第七次玩文字接龍了耶。早就玩膩了。」

「又沒有其他事情可以做～！」

「即使如此，玩了這麼多次文字接龍，要動腦反而很麻煩啊。」

「可是真的沒事可做嘛～！離值班結束還有三十分鐘，很無聊耶～」

友里就這樣將額頭貼在桌面，趴了下來。

實在太閒了，連那個友里也像一朵枯花似的失去了幹勁。

不僅沒事做，還必須在圖書室待三十分鐘才行。

根本是拷問嘛。閒過頭反而很痛苦。

「涼～因為很閒，我就這樣關機嘍。時間到再麻煩你開機。」

「開機鍵在哪啊？妳以為妳是電腦嗎？」

「拜託你嘛，涼同學？」

還在想說她怎麼叫我涼同學，結果就發現友里注視著我的眼神簡直像個撒嬌的小孩。她的眼眸閃閃發亮，對我連連眨眼。只看到這裡會覺得她十分可愛，但仔細觀察後，就會知道她正在拚命地訴說：「你會答應我的要求吧？」

就會裝可愛，真是的。

「唉～拿妳沒辦法。妳就睡吧，時間到我會叫妳起來的。這段時間我用手機玩個音遊好了。」

「謝啦～幫大忙了～啊，順便問個問題。」

「嗯？」

「你都用手機玩什麼音遊啊？」

友里和我是興趣相同的同好。

染了髮、化了妝和做了美甲的她，看起來就是個時髦亮眼的女高中生，沒想到興趣竟然是玩音遊。

「我最近玩的是這款音遊。雖然很小眾，但難度很高，滿好玩的。」

我讓友里看手機畫面。

「咦？我手機裡也有這個音遊耶！」

本來像朵枯花毫無生氣的友里瞬間恢復活力，猛地抬起頭來。

「咦？妳說真的嗎？」

「真的！」

我玩的手遊難度很高，連喜歡音遊的人都很少在玩，所以我原本以為不可能遇到有在玩的人，沒想到就近在身邊。

有同好果然最棒了。

「友里，還有不少時間，要不要來對戰一下？」

「哦～！好呀！來對戰吧！」

直到剛才都沒事做而無聊得要命的我們，總算找到事情打發無聊的時間了。

我們一起打開音遊後，直接選擇連線模式。

「話先說在前頭，我可是精通這款遊戲，才不會輸給你呢！」

友里像個小惡魔一般，臉上揚起一抹壞笑。

「好極了，放馬過來吧。」

「很敢說嘛～那輸的人回去時要請吃冰喔！」

「妳可別在途中反悔喔？」

「當然了！反正我絕對會贏啊！」

她哼了一聲，看來是非常有把握。

但抱歉了，友里。

我在這款遊戲的日本排行榜是排在個位數的名次。

遊戲開始後經過二十分鐘左右——

「嗚啊啊啊啊啊啊啊！你的失誤怎麼那麼少啊！太強了啦！」

友里在我旁邊抱頭大叫。

面對時髦亮眼的女高中生友里，我沒有絲毫放水，讓她見識到壓倒性的實力差距。

我們已經對戰了十次，每次都是我贏。勝敗是看哪一邊的分數較高來決定的，我和友里的分數總是差了一位數。

「你作弊啦！一定開了外掛吧！」

「怎麼可能啊？我只是正常玩而已啊。」

「那為什麼會差這麼多啊！真不甘心～！」

友里用力閉起眼睛，緊咬著牙。看到她這副模樣，我不禁覺得她有點孩子氣。

我的排名在日本國內是個位數，以龐大的差距贏得勝利也是理所當然的吧。

「再一場！下一場輸的人要請客喔！前面都當作練習賽！」

「如果是比總勝場就是我的壓倒性勝利了……也行啦，那就下一場比賽決定勝負吧。」

「我下一場絕對不會輸的！」

友里鬥志滿滿。然而幾分鐘後——

「嗚啊啊啊啊啊啊啊！又輸了！你一定有作弊啦！」

她的反應跟先前一樣。剛才也是這麼說的吧……

「再、再一場！這次真的要分出勝負喔！」

「這跟妳剛才講的不一樣耶。同樣的事妳要重複幾遍啊？」

「直到我贏為止！」

「那一刻會在今天之內到來嗎……」

「下、下一場就會贏了！絕對會贏的！」

「就算妳這麼說，時間也差不多了。下一場是最後嘍。」

我看了看時鐘，再幾分鐘我們的工作就結束了。雖然可以繼續待在圖書室對戰，但行動數據用量增加得非常快，而且我也想回家了。

「咦～我知道了啦～下一場真的真的是最後一場了！好嗎？」

於是我們開始最後一場對戰，就這樣以我的完勝來劃下句點吧。

正當我這麼想時——

「哦？我想說圖書室很吵，所以進來看看，結果你們竟然光明正大地在玩遊戲啊……膽子不小嘛，佐佐波、慶道。」

「「咦？」」

前方突然有人朝我們說話，我和友里發出同樣的疑問聲。

這個聲音是……

我和友里戰戰兢兢地看向前方，接著便發現……

眉間皺起，眼睛周圍冒出幾條青筋的華老師正站在那裡。

平時的氛圍倏然一變，老師背後發出充滿怒火與殺氣的強烈威懾力。

可以清楚看見「轟轟轟」這種漫畫中的擬聲詞。

糟糕，她超級生氣的……我太沉浸在遊戲裡，完全沒有察覺到她進來了。

我和友里屈服在老師的威懾力之下，渾身顫抖起來。

「雖然可以帶手機，但玩遊戲是不行的吧，你們兩個？」

「「是、是的……」」

「不只違反校規，甚至還在委員會的工作中玩耍。不覺得這種藐視規定的學生需要懲罰嗎？」

「「……」」

幾秒間的沉默過後，華老師猛地將臉湊近我們，這麼說道：

「為了懲罰你們，委員會的工作結束後，給我去中庭除草，沒、問、題、吧？♡」

還在想說華老師將臉湊了過來，就發現她剛才那些殺氣都消失，臉上堆滿不自然的笑意。

好嚇人！而且太近了！看到那種笑容反而會感覺到一股惡寒啦！

雖然語尾有加上愛心，但這幾乎是威脅了吧？

她是在說：「要是敢拒絕，就不會輕易放過你們。」吧？

「回答呢？」

「「是……知道了。」」

可惡！明明再撐一下下就能回家的！沒想到會出現延長賽啊！

被華老師撞見在偷懶的我們，就這樣前往中庭除草了。
我們已經持續除草除了一個小時左右。
有點累了。這個要做到什麼程度才能結束啊？
到處都是長得很高的雜草。縱使兩個人齊心協力除草，也不確定今天拔不拔得完。
該不會要持續到傍晚吧？
「唉～為什麼會變成這樣啊？」
一邊除草，我一邊嘀咕。
我看向附近同樣正在除草的友里，發現她一臉筋疲力盡的模樣。
下午明明沒課卻要做這種事情，心情當然會很低落，也提不起幹勁。
「要除草除到什麼時候啊……」
今天天氣晴朗。沒有一片雲朵的藍天無限延伸，一望無際。這種日子會讓人想出遊或睡午覺。
其他學生現在應該都在享樂吧。好想快點回家。

正當我這麼想時，在附近拔雜草的友里突然站起身。她雙眼發亮，大大方方地將手中的東西拿給我看。

「欸，涼！你看這個！」

「嗯？啊，那是……」

友里手上拿著的是一顆網球。

那是女子網球社使用的網球，偶然掉了一顆在中庭裡。

「拔草拔到有點累了，我們來玩傳接球吧！」

「傳接球啊？也好，畢竟累了，轉換一下心情吧。」

我也跟著友里站起身來。

然後彼此拉開十公尺遠的距離。

「我要丟嘍～涼！」

「好！」

我們在藍天之下開始玩傳接球。

我接住友里丟出的球，再丟回去。

最近光顧著玩音遊，剛好可以活動筋骨。

「欸，涼，有件事我很好奇，可以問你嗎～？」

「儘管問吧～」

「就是啊，你最近跟雛海非常要好耶，發生什麼事了嗎～？」

……驚！

聽到友里這麼說，我不禁表情一僵。

「我發現你們兩個好像常常在一起呢～啊，你們該不會正在交往吧～？」

友里竊笑著觀察我的反應，那舉止簡直像是國中生在揶揄情侶一樣。

「我、我們沒有在交往啦。只是就那樣嘛，彼此變得比較熟一點而已。該、該怎麼說……」

我是誤中古井同學的陷阱才因此和她變熟的——這種事我不可能老實地直接講出來，只得游移著視線，拚命思索藉口。不過我什麼都想不到，一時無言以對。

友里好像以為我是在掩飾害羞，臉上的竊笑比剛才更誇張了。

「也就是說，你和那個『千年一遇的美少女』發展成互叫名字的關係了呀～涼也是個很行的男人嘛～」

「就、就說不是那樣啦！只是發生了很多事才會變成這樣的。」

「這有什麼好遮遮掩掩的～我特別告訴你一個雛海的弱點吧？」

「弱點？」

「沒錯！雛海她呢～其實側腹超～敏感的。所以你下次搔搔看吧！很好玩喔～」

「怎麼可以摸女生的側腹啊！太超過了吧！」

「以你們現在的關係一定可以啦！加油！」

「就算要人也要有個限度，友里……」

我眼神銳利地盯著友里。

「抱歉啦～開個小玩笑。」

她吐了一下舌頭，就這樣將球丟回來給我。

友里說的沒錯，我最近經常和雛海在一起。從旁人的角度來看，會以為我們在交往也沒辦法，至少真實身分沒有暴露就好。

「我說過很多次了，我們沒在交往。妳不要亂傳謠言喔。」

「我知道啦！你不需要擔心～」

依友里的為人，我相信她不會亂傳謠言，因此沒有再三叮嚀。

接下來，我們一邊聊天，一邊繼續玩傳接球。

聊到了功課的事情，以及之後的隔宿露營等。

雖然都是些瑣碎的內容，但沒想到聊得很熱絡，聊著聊著就忘記了時間。

然而，這段快樂的時光卻猝不及防地迎來悲慘的結局。

「對了！我可以認真丟球一次看看嗎？」

開端是友里的這句話。

「咦？認真丟球？」

「嗯！就是想要像職業棒球選手那樣丟球看看～」

可能是玩膩了一般的傳接球，友里突然如此提議。

我明白她想要像職業投手一樣認真丟球的心情。我小學時只要拿到棒球，就會忍不住模仿職業選手。

「是可以啦，但妳要瞄準再丟喔，不然撿球很麻煩。」

「當然！我當投手，你當捕手喔。」

「行。」

友里往後退，與我隔開距離。而我則蹲下身子，擺出捕手的架式。

「隨時都可以丟喔～」

我打信號後，友里也擺出職業投手的架式。

「那我要丟嘍！要是球飛到其他地方，我會去撿回來的，不用擔心！」

「好。」

「那我丟嘍！」

友里抬起漂亮的大腿，擺出能夠使勁丟球的姿勢。她就這樣揮動右手，準備將握在手中的球丟出去。

就在這時——

咻～！

忽然一陣強風吹來，高高掀起友里的裙子。

平常總是被裙子遮住的雪白大腿映入眼簾的同時……

不該看的東西……沒錯，友里的內褲整個暴露了。

內褲的顏色和她那醒目的髮色相同，都是藍色的。

散發純潔感的內褲讓我的心陡然一跳。

我、我可沒有錯。要怪就怪強風，這是不可抗力。

即使被告，我也會主張自己無罪的！

友里似乎絲毫沒有發現自己的裙子掀了起來。並未感到害羞的她，就這樣丟出球。

不過，強風導致球飛得非常歪，大幅偏離我所在的地方。

「完蛋！風把球吹歪了！」

友里用目光追著球的去向，這麼說道。我也轉身向後看著球要飛去哪，隨即發現球應該會飛得很遠。待會得去找球才行。

雖然我是這麼想的……
真正的悲劇卻在這時驟然來臨。
「佐佐波和慶道～你們有好好除草嗎～？老師來檢查情況嘍～」
班導華老師從中庭一角走過來查看我們的情況。
就在她繞過轉角，進入中庭之際——
咚！
伴隨著可怕的聲響，友里丟出的球擊中了華老師的額頭。
目睹這一瞬間後，我彷彿被推落南極海似的，體溫急速下降。
與此同時，我領悟了自身的死期。
球靜靜地掉落。華老師就這樣笑咪咪地開口說：
「我明明是來看你們有沒有好好除草的，誰知道你們竟然在玩傳接球……更沒想到球會打到我。」
「「……」」
我和友里嚥下了口水。
完、完全說不出話來……實在想不到能說什麼！
華老師一邊把手指折得喀喀作響，一邊帶著笑容走近我們。

「做圖書委員的工作時偷懶，連除草也在偷懶……看來需要相當嚴厲的懲罰才行呢，你們兩個？」

「「這、這個……」」

「別這麼害怕啦，我又不會殺了你們♡」

好可怕！這真的很不妙！比一般的恐怖電影還要可怕啊！

「佐佐波、慶道……你們……」

原本面帶笑容的華老師，瞬間變成了彷彿陰間管轄者閻羅王的表情。

「給我寫五千字悔過書——！」

「「非、非常對不起——！」」

今天一整天都是萬里晴空的好天氣。

但我和友里回家時已經超過晚上八點了……

我今天是不是很衰啊？

第十三話　隔宿露營

距離我成為高中生已過去將近一個月。高中生活第一個大型活動來臨了。

「那麼～各位～我要說明隔宿露營的事情嘍～你們要仔細聽喔～」

班導華老師的聲音響徹整間教室。

「隔宿露營這個活動的目的在於促進班級內部交流。雖然只有短短的兩天一夜，但要趁此機會多結交朋友喔～」

這間學校為了促進班級內部的交流，會在新生入學後舉辦隔宿露營。

這似乎是每年的例行性傳統活動，變成男女合校之後也沒有改變。

「好，那接下來就抽籤決定小組成員吧～」

華老師直接把箱子放到講桌上，繼續說：

「寫著A～H的籤條各有四張放在抽籤箱裡面，用這個方式來分組喔～」

我們班總共三十二人。一組四人的話，可以分成八組。

對我來說，這次的分組相當重要。

畢竟我……

到現在還沒有交到任何男生朋友！

可能是入學沒多久就和雛海成為朋友的關係，不只是班上男生，全年級的男生都離我遠遠的。再加上我從上學到放學都和雛海、古井同學及友里同進同出，跟男生幾乎是零交流。

回想起來，我一直都和那三個女生在一起。

人數稀少的班上男生早已自成一團，很難跟他們搭話，也不好接近。

所以趁著這次分組，我無論如何都要交到男生朋友！增進交流！

「那就從靠走廊的座位按順序抽籤吧。箱子會傳下去，一個一個抽籤喔。」

華老師說完後，就開始接連不斷地抽籤了。

大家各自抽走籤條。然後抽籤箱終於傳到我手上。

我緊張不安地將手伸進箱子裡面，抽起一張籤條。

先別看上面寫什麼吧，等我冷靜點再慎重地打開來看好了。

正當我在安撫身心之際，隔壁座傳來了聲音。

「咦？你不看籤條上寫什麼嗎？」

友里一臉疑惑地注視著我。

「嗯，我要冷靜一點再看。現在超級緊張的……」

「咦？分個組就讓你這麼緊張啊？」

「友里，看來妳一點也不了解我的狀況啊。我跟班上男生到現在幾乎還是零交流耶！所以這次的分組對我來說很重要！」

看到我鬥志燃燒的眼神，友里苦笑著回道：

「原、原來是這樣呀……不過你放心啦！你絕～對會和其他男生分到同一組的！」

「希望如此啊……」

「不曉得涼會和誰一組呢～小古井和雛海抽到哪組？」

友里看向抽完籤的古井同學和雛海。

最先回應友里的是古井同學。

「我是B組。」

接著，雛海也開口了。

「不會吧？我也是B組耶！太好了！我和古古一組！」

哦，原來如此。

看來B組已經有兩人確定了。

第一人是重度虐待狂王女古井同學。

第二人是「千年一遇的美少女」雛海。

個人特色太強烈了吧？笑死。

「真的假的？妳們兩個都B組嗎？我也是耶！」

咦，這是什麼奇蹟？

感情融洽的三個女生被分到同一組，這個機率太猛了吧。看來神明大施恩惠了啊。

「太棒了！不只古古，連友里也在同一組呀！我超開心的！」

我旁邊的雛海對抽籤的結果感到非常高興。

至於古井同學則說：

「哎呀，原來奇蹟就近在身邊。」

她淡然地接受了。

她依舊冷靜。和少根筋的雛海不同，果然很鎮定。

「還有一人會是誰呢～搞不好是涼呢。不，應該不可能吧～」

「喂，是不是在烏鴉嘴啊？」

這種可能會一語成讖的神祕發展是怎樣？我已經可以料想到抽籤結果了耶。

不不不！絕對不可能！這終究只是預兆而已，並不是註定好的未來或結果！

抱歉，為了交到男生朋友，我要加入B組以外的組別。

拜託了，神明！賜予我恩惠吧！

整頓好心情後，我打開手中的籤條。

寫在上面的文字映入眼簾的瞬間——

我彷彿置身於嚴寒暴風雪之中，身體凍結住了。

不會吧……

「咦，小涼你怎麼了？一看到籤條就僵住不動……」

雛海對我的怪異舉止感到疑惑，從旁邊微微探頭看我的籤條。

「我看看，小涼的組別是……咦？和我們一樣是B組耶！請多指教嘍！」

聽到雛海這句話，古井同學和友里似乎也掩飾不住內心動搖，立刻湊了過來。

「哇～真的被我說中了呢～！」

「哎呀，沒想到最後一人是你啊，害我有點遺憾呢。」

混帳東西……

為什麼啊？

為什麼每次都這樣**啊啊啊啊**！

抽籤結束後，經過一週。

終於來到隔宿露營當天。

在集合的廣場上，華老師一手拿著大聲公站在我們高一生面前，熱血十足地開始說話。

「早安！各位同學！今天是期盼已久的隔宿露營！這可是高中生活的第一個大型活動，大家要玩得盡興點喔！然後創造許多回憶吧！知道嗎！」

面對一大早就扯開大嗓門的華老師，周圍的學生們回道：

「「「好——！」」」

大家彷彿準備去打獵的獵人般振奮地喊叫，情緒真是高昂。

「回答得很好！這樣才有高中生的樣子嘛！哦，正好巴士也抵達了，接下來就以班級為單位移動吧！移動時要仔細聽好班導師的指示喔！」

如同華老師所言，廣場附近停了好幾輛我們等一下要搭乘的大型巴士。不愧是前貴族女校，那些巴士和一般的大型巴士不同，散發著高級感，令人覺得車內搞不好會有水晶吊燈。應該可以搭得很舒服。

「A班搭這輛巴士，大家依序從最裡面入座。」

我們A班的學生按照華老師的指示，準備走上停在眼前的巴士。

從這裡到我們的旅館要花費將近兩個小時。

第十三話

隔宿露營

搭乘這輛巴士的時間，對我來說至關重要。

既然要坐巴士長達兩個小時，代表這是增進友誼的好機會。我絕對要坐在班上男生的隔壁，增進彼此的友誼！

無論如何，我一定要在這次的隔宿露營中交到朋友！

當走在最前面的學生正要上車的瞬間——

「華老師，可以問個問題嗎？」

古井同學的一句話，引起華老師和其他學生的注意。

「嗯？怎麼了，古井？」

「關於巴士的座位順序，為了方便分組行動，讓各組坐在一起是不是比較好？」

……咦？

古井同學剛才說什麼？

她說要各組坐在一起？

「哦～這樣確實比較方便。好！那巴士的座位順序就按組別來坐吧！A組先上車，依序從最裡面入座。」

……

等一下啊啊啊啊啊！

古井同學在說什麼啦？我明明很期待搭巴士的時候可以跟別人增進友誼耶！

為什麼我的青春總會出現這麼多阻礙啊？不覺得很奇怪嗎？是說她突然講這種話幹嘛啊？

「那友里和我一起坐吧？」

「嗯！沒問題～」

立刻邀請旁邊的友里後，古井同學轉頭看我。

咦，她為什麼要看我？不對，與其說看我，不如說是正在觀察我的反應……慢著。

華老師說要按組別來坐吧。

我這組有古井同學和友里，再來是……啊。

這一瞬間，我明白古井同學為什麼要看我了。

我隔壁的座位……用刪去法之後，不就只剩雛海了嗎！

那個人打從一開始就抱著這種企圖嗎？打從一開始就挖陷阱要給我跳嗎？

察覺到自己所置身的狀況，我不禁臉色一僵。

古井同學看了看我的表情。

「哼！」

隨即哼笑了一聲。

這、這個人是存心這麼做的！

又被擺了一道！這個人打從一開始就是為了讓我和雛海坐在一起，才特地向華老師提議的。

這個重度虐待狂！總有一天我一定告妳！

「好，A組的人先上車，依序從巴士最裡面入座。沒時間了，大家動作快。」

在華老師的催促下，我無從抵抗，只好就這樣跟著A組坐在最裡面的座位。

或許要抵抗也不是不行，但對上班導師和重度虐待狂王女，我實在毫無贏面。

這時候只能忍耐了。沒錯，隔宿露營才剛開始，其他時間應該能和班上同學增進友誼。

這時候要忍耐。

正當我坐在座位上思考這種事情之際——

「小涼，我可以坐你旁邊嗎？」

雛海一臉不安地注視著我。

「可、可以啊，完全沒問題。快坐吧。」

「真的？謝謝你！」

雛海的表情瞬間開朗起來。

順便說一下，我隔壁排的座位坐著友里和促成這種狀況的古井同學。

如果沒有那個重度虐待狂王女古井同學，我現在說不定就能坐在班上男生的旁邊了。

我想要回擊，於是露出猛獸威嚇獵物時的眼神，惡狠狠地瞪著古井同學。

在古井同學的眼中，想必會看見我身邊有「嘎嚕嚕！」這種擬聲詞吧。

這樣應該會稍微嚇到她才對。

我用力瞪著古井同學幾秒，她隨即察覺到我的視線。

怎樣？嚇到了吧？

遺憾的是，古井同學完全沒有嚇到，依舊保持著平常的冷靜。

她就這樣若無其事地伸出右手，用唇語說：

「握手。」

握手個頭啦！當我是狗啊！

我念國中的時候，明明因為這種凶狠的眼神而嚇到好幾個女生，對她卻一點用也沒有！

「好好享受這趟旅途吧。」

最後用唇語說完這句話後，她便帶著小惡魔般的笑容向我眨了眨眼。

這個人果然是重度虐待狂啊。捉弄我讓她獲得了快感！

誰來救救我啊啊啊啊啊！

第十三話

隔宿露營

巴士發車後，經過一小時。

車內四處傳來同班同學開心聊天的聲音。

雖然聽不清楚他們究竟在說什麼，不過從語氣來看，可以確定的是聊得非常熱絡。

大家專注地談天說地。至於我嘛……

「雛海，妳真的沒事嗎……？」

「嗚……好不舒服……」

我整個人緊張到不行。一如這段對話，我身旁的「千年一遇的美少女」竟然暈車了。

怎、怎麼會這樣……為什麼接二連三地發生問題啊？

「對、對不起，小涼……都怪我暈車，給你添麻煩了。」

「沒關係，妳別放在心上。」

看到雛海臉色蒼白，我總覺得有點可憐。感覺真的相當難受。

不過，像這樣近距離一看，就會發現她虛弱的模樣也很可愛。

平常的學校生活中，她都是認真且成績優秀，深受老師和其他學生信賴。

如此完美的雛海變得這麼虛弱，觸動了我的內心。

我不禁擔憂起來，無法坐視不管。

「好、好痛苦……」

「再撐一下就到休息站了，在那之前先忍著吧。」

「知、知道了。」

雛海虛弱地說著，拚命忍耐頭暈。但在快要抵達之際，災難襲擊而至。

車內突然傳出中年男性的廣播聲，說話的人是司機。

「呃，向時乃澤高中的各位報告一件事。」

「前方道路因為發生意外而塞車，必須改走替代道路。接下來會經過很多彎道，請各位務必小心。」

……咦？接下來會經過很多彎道？我、我內心充滿不妙的預感。

緊接著，巴士大幅轉向，離開高速公路，隨即駛進彎道綿延的山路。

隨著巴士一次又一次往右或往左用力搖晃，坐在我旁邊的雛海臉色變得越來越差。

啊，糟糕糟糕！這下不妙了啦！

「小、小涼，怎麼辦……身體一晃動，我就……嗚……」

雛海身材嬌小而纖瘦。憑她現在這種狀態，沒辦法抵抗巴士的離心力。

再坐視不管的話，她遲早會……

要是變成那樣就完蛋了！

我、我也是迫於無奈！雖然是不可抗力，但只能這麼做了！

「雛海！抓住我的手臂！憑我的體幹，就算一直轉彎也能把身體的搖晃壓到最低限度。抓著我的手臂忍耐吧！」

「可是，這樣會給你帶來麻煩……」

「好了，快抓住我！別在意啦！」

「知、知道了！」

雛海就這樣用雙手牢牢抓住我的手臂，做好提防彎道的準備。

以前學習武術時也順便鍛鍊過體幹，所以我很有自信。即使不停轉彎，我的身體應該也不會晃得太厲害。

不過，這種觸感是怎麼回事？好像有個很柔軟的東西靠在我的手臂上……

為了查出這種觸感的源頭，我往雛海的方向看了一下。

啊，這種柔軟觸感的源頭……

竟然是雛海的胸部啊！

當事人正竭盡全力地抓住我的手臂，對這件事渾然不覺，但她的胸部整個靠在我的手臂上啊！

太不妙了！咦？這是怎樣？我應該提醒雛海嗎？可是告訴她的話，她的抓力就會變弱，暈車的症狀會更嚴重。

我一定要防止事情變成那樣才行。所以說……

在抵達休息站之前，我必須忍受這種柔軟的觸感嗎！

不會吧！無論左右搖晃還是雛海的胸部緊貼過來，我都得撐過這個狀況嗎！

「抓著小涼的手臂就不太會晃動了，讓我覺得好安心。謝謝你。」

看著身旁正在忍耐頭暈的雛海，「妳的胸部碰到我了」這種話打死我都說不出口！

哎，真是的！只能這樣了！努力熬到休息站吧！

我勉強維持著差點崩解的理性，拚命咬緊牙關。

不過，沒想到雛海的胸部還滿大的。

我稍微想了一下這種事情，總算熬過剩餘的時間。

◇◇◇◇

或許是多虧了有在休息站小憩片刻，雛海的身體狀況逐漸恢復。抵達旅館時，她已經恢復如初，彷彿什麼事都沒發生過。

第十三話

隔宿露營

她在巴士行駛中一直抓著我的手臂，應該有減緩搖晃導致的頭暈。

至於胸部碰到我的事情，就埋藏在記憶的最深處吧。

抵達旅館後，我們立刻開始分組行動。

率先進行的活動，就是在附近的戶外炊煮區煮咖哩。

煮咖哩是分組進行的，我和雛海、古井同學及友里一起開始準備。

「好～！來做出美味的咖哩吧！」

「嗯！大家一起做的咖哩絕對很好吃！」

友里和雛海一手拿著菜刀展現出幹勁後，立刻切起馬鈴薯、紅蘿蔔和豬肉。

看到她們有些可靠的一面，我總算放下心來，但放心不了多久。

當我從旁觀察她們兩人的刀工後……

「咦～？我想要削馬鈴薯的皮，但不小心切掉太多果肉了耶～」

「怎怎怎怎怎怎麼辦，友里！我打算削紅蘿蔔的皮卻切成兩半了！」

妳們的廚藝到底多差啊……

那麼大的馬鈴薯變得超小一顆。紅蘿蔔更是莫名其妙，要怎麼削皮才會切成兩半？

「妳們兩個該不會沒有下廚的經驗吧？」

「「咦？當然有啊。」」

「竟然有啊！」

騙人的吧，友里和雛海有下廚經驗還能搞成這樣？

「那妳們的拿手料理是什麼？」

「這個嘛～我應該是泡麵吧！」

「我和友里一樣！泡麵的話，我可以做得很好吃喔！拿手領域是海鮮！」

「那不是料理吧！誰來做都很好吃啊！就算改變口味，做法還是相同吧？」

喂，真的假的啊！

戀愛喜劇動畫常常能看到廚藝差勁的女主角，但這兩人跟那種程度不能相提並論！

她們的廚藝等級根本連一都不到啊！

交給這兩人來做的話，本來很好吃的咖哩也會變成魔界濃湯。期待已久的午餐將會化為烏有。

該、該怎麼辦才好？

正當我對她們兩人的廚藝感到絕望之際，忽然看見一道希望之光。

「真是的……友里和雛海還是老樣子呢。好了，妳們兩個都讓開，我來切。」

說出這句話的，是天下無敵的重度虐待狂王女古井同學。

也對！

古井同學看起來手很巧，想必能展現令人滿意的刀工！

「那我就稍微拿出真本事吧。」

古井同學一手拿起菜刀，緊接著——

噠噠噠噠噠！

她動作俐落地切起紅蘿蔔。

好、好厲害！

不愧是古井同學，我就知道妳靠得住。

「太猛了，古井同學。原來妳廚藝很好啊。」

「父母從小就會教我做菜，只切幾下的話沒問題。」

「哦～是這樣啊。嗯？慢著，只切幾下是什麼意思？」

我有一股不妙的預感，況且精準地猜中了。

古井同學原本動作那麼俐落地切著紅蘿蔔，然而——

噗呲！

隨著這種聲音，古井同學的手指被淺淺割開了。

「又、又搞砸了……嗚……手好痛。」

「啥？等一下，妳沒事吧？」

「嗯，我沒事，稍微被割到而已。」

不、不會吧……

把話說得那麼滿，結果不到一分鐘就受傷了耶！

幸好傷口不深，只有輕傷程度，但剛才那股「我會下廚」的氣場跑哪去了？

「唉唷～小古井還是老樣子，一握住菜刀就會馬上切到手呢～」

友里這麼說道，那眼神彷彿對這種情形見怪不怪了。

「什麼叫老樣子？」

「小古井的手可以說很巧，也可以說很笨拙～畢竟她雖然刀工厲害，但切沒幾下就會切到手指嘛～從以前就是這樣～」

「……這是真的嗎？」

咦，那現在是怎樣？

除了我以外的小組成員幾乎都不會用菜刀嗎？

本來想說總算抵達隔宿露營的場地，結果又發生問題了啊！

真沒辦法！

我撓抓著頭髮，代替古井同學握住菜刀。

「好！我負責切食材，其他工作就麻煩妳們了！」

「嗯，我知道了，小涼！」

「哦！真是可靠耶～那就拜託啦，涼。」

「要、要是沒切到手指，我一個人也做得到。不過這次就交給你吧。」

三個女生就這樣動身去做其他準備了。

雛海去洗菜，友里開始洗米。古井同學因為手受傷，所以負責生火。

雖然我沒有多少下廚的經驗，但在這裡面是最好的吧。

相較於其他組，會用菜刀的只有我，因此很花時間。

必須盡可能不要落後才行啊！

我不斷切著食材。

就在這時候——

「友里，火生起來了，妳把鍋子拿過來吧。」

「沒問題，小古井！」

我看向古井同學的方向，熊熊火焰正在燃燒著。

很好，比預期中還要快就生起火了。

友里把剛才洗好的米倒進鍋子裡，慢慢地往火那邊走去。

照這個步調，勉勉強強應該來得及，

正當我鬆懈下來之際，意外猝不及防地發生了。

「啊！糟了！涼快閃開！」

耳邊傳來友里驚慌的聲音，於是我轉頭看她……

只見鍋子從友里手中脫離，就這樣一直線地朝我的臉飛過來。

咦……？

等一下，這是怎麼回事？

面對突如其來的發展，我什麼都做不了，鍋子狠狠砸中了我的頭。

咚唰！

水連同米一起當頭淋下。

頭當然不用說，運動服也濕得一塌糊塗。

「對、對、對、對、對不起，涼！我被石頭絆了一下，不小心鬆手了！真的很抱歉！怎、怎麼辦？」

友里的視線四處游移著，一看就知道她不是故意的。

這個戶外炊煮區確實很容易跌倒，地上有無數大大小小的石頭。

「沒關係啦，友里，妳又不是存心這麼做的。我的背包裡有運動服，妳幫我拿過來吧。」

「真、真的很抱歉！我馬上就把毛巾和運動服拿過來！」

友里慌慌張張地跑走了。不到一分鐘，她便拿著我的背包和毛巾趕了回來。

「是這個背包吧？」

「嗯，妳可以幫我拿出運動服的上衣嗎？沒有時間了，我現在就要換上。」

「我知道了！」

我就這樣開始脫運動服。穿在裡面的內衣也濕透了。

儘管我不太願意在女生面前裸上半身，但也沒辦法。完後，我準備穿上運動服上衣。

就在這時候——

「咦……？」

不知為何，友里忽然目瞪口呆地喃喃說道。

有、有問題嗎？她突然間怎麼了？

見我一臉疑惑，友里輕輕地將手放在我的右肩上。

「涼……涼，為什麼你右肩有傷……這、這個傷……難道是……」

看到我右肩上的傷，友里的眼神充滿悲傷。

「妳說這個傷啊……是我大概小一的時候出車禍留下的。當時為了救跑到馬路上的朋友，不小心就傷到了。」

我的右肩上有道鮮明的傷疤。

小學一年級時，我為了保護某個女孩免於被車撞而衝上馬路，於是留下了傷疤。

幸好車子只擦撞到右肩而已，不過當時的傷疤直到現在都沒消失。況且那個女孩已經搬家了。我完全不知道她如今在哪裡做什麼。

但我並未打算隱瞞這道傷疤的事情。這又不是恥辱，也沒什麼好自卑的。

所以從不在意被人看見。

不過，唯獨這次不同。

面前的友里看到肩傷後的反應，令我不由得有點困惑。

「該、該不會涼是當時的……怎麼可能那麼巧……」

友里的表情倏然一變，彷彿被喚起心靈創傷似的。

她平常總是開朗活潑，又顯得有些輕浮。

這樣的形象稍微崩解了。

「怎、怎麼了，友里？妳剛才看到右肩的傷就……難道是因為看起來很痛嗎？」

「不、不是，完全不會！我只是思考了一下而已！」

「這、這樣啊……那就好，」

她似乎不太對勁，不過還是別深究好了。

儘管友里的樣子讓人有點在意，但我沒有主動追問下去。

換上運動服後，我們這組總算在時間內煮好午餐。

雖說做得很趕，終究還是完成了。我們津津有味地享用起來。

然而，吃午餐時，我幾次看見友里偶爾露出的難過表情，不免有些擔憂。

吃完午餐後過了許久，天色已經完全暗下來了。

現在是晚上八點，和深夜沒什麼兩樣。

畢竟這裡是山上，周遭很暗，而且聽不到任何車子通過的聲音。

整個環境都陷入沉默與黑暗當中。

所有高一生聚集在山腳的一處小型廣場。

幾分鐘後，班導華老師一手拿著大聲公，在全體高一生面前現身了。

她深吸一口氣，將大聲公舉到嘴邊。

「好～所有人都到齊了吧！那麼今天最後一個活動，也就是試膽大會馬上就要開始嘍——！盡情揮灑青春吧，各位同學！」

「「「耶～～～～～～～！」」」

其他學生們也高聲回應，絲毫不亞於華老師的熱情。

我們背後就是一條延伸至山路中途的小徑。

透過抽籤分成兩人一組後，就要在一片黑暗中行走這條小徑。儘管這樣已經相當刺激了，但路上似乎還會有老師們設下的陷阱。

「你們聽好了！現在各班老師會把抽籤箱拿過去，抽出你們的搭擋吧！準備就緒後，就要開始進行試膽大會！」

華老師說完，大家便在各班導師的引導下一個接一個地抽籤。

只有同班的人才能成為搭擋，不過男女都是隨機決定的。

雖然我非常期待這次的兩人一組，卻也不是笨蛋。

至今為止問題總是一波波接踵而至，我十分清楚抽籤的結果！

反正一定又是相同的發展！

儘管放馬過來吧！

「好，下一個是慶道啊。來，從箱子裡抽籤吧。上面有寫數字，抽到相同數字的人就成為一組，知道了嗎？」

「我知道了，老師。」

早已明白結果的我看開一切，迅速抽籤了事。
雖然不看也知道上面寫什麼，但還是看一下吧。
我打開剛才抽到的籤條看號碼，上面寫著「十三」。
原來如此，那「千年一遇的美少女」想必也是十三號吧。
我一手捏著籤條，轉頭看已經抽完籤的雛海。
「雛海，妳是幾號？該不會是十三號吧？」
「咦？不是喔，我是七號。」
「我就知道。好，去做準備吧……嗯？等一下，妳剛才說什麼？」
「我抽到的是七號……」
「妳是七號——？」
這是怎麼回事？依照以往的發展，我試膽大會的搭擋應該會是雛海才對啊！
太奇怪了！
「小涼是十三號嗎？」
「沒、沒錯，我是十三號。」
「這樣喔，如果跟你一樣就好了……」
「咦？抱歉，妳剛才說什麼？」

雛海的聲音突然變得很小，我於是反射性地回問。

「沒、沒事！我什麼都沒說！啊，我去找我的搭擋嘍！回頭見！」

「呃，好。」

雛海就這樣離開我身邊了。

她看起來有點失落，是我的錯覺嗎？

不對，等一下。

現在的重點是，我的搭擋是誰？

我本來以為鐵定是雛海，結果不是。

那麼到底是誰……

為了尋找真正的搭擋，我到處張望，隨即聽到這樣的聲音。

「哦～我是十三號啊～會跟誰一組呢～」

嗯？

對方剛才說了十三號吧。而且這個語氣和聲音……

難道是……

我走向剛剛抽完籤的友里。

「友里……妳該不會是抽到十三號吧？」

「嗯！對啊！你呢？」

「我、我也是十三號……」

「咦……真的嗎？」

「真的。」

「那我就是和涼一組嘍。」

「對啊。請、請多指教。」

「呃，嗯，我才要請你多多指教。」

等一下，神啊，這是怎麼回事啦——？

跟以往一樣的預兆竟然沒有成真？

這樣我反而很擔心會出事耶？

拜託了，不要發生任何事好嗎？

真的萬事拜託嘍？

第十四話 過去

抽完籤後經過一陣子，輪到我們兩個了。

「好！下一組差不多要出發嘍，過來這邊！」

我們按照華老師的指示走近入口。

「慶道、佐佐波，聽好了。你們要在我們面前這條山路上直線前進。途中會出現岔路，但有架著立牌，務必遵照上面的指示。那麼，儘管去享受青春時光吧！」

華老師露出燦爛不已的笑容，用力推了一下我們的後背。

「那我們走吧。」

「嗯。」

我和友里就這樣邁步走在漆黑的狹窄山路上。

我們在山路上走了十分鐘左右。

起初，我以為大概十分鐘就會結束，不過還沒看見岔路，感覺會比想像中更花時間。

「哎呀～剛才的陷阱很嚇人耶～沒想到還滿恐怖的呢！」

友里滿面笑容，在一片黑暗中顯得超級醒目。

來到這裡的途中，我們遇見好幾個老師和隔宿露營籌備委員設下的鬼怪陷阱。

有時突然出現一身白色裝束的人，有時又會聽到奇怪的笑聲。

照理說，女生應該都會立刻嚇得尖叫才對……

然而友里不同。

「哇！涼你剛才有看到嗎？超級逼真的耶！」

「咦？好像有笑聲喔！要不要去看看傳出聲音的地方？」

「我們有辦法跟鬼當朋友嗎？」

她一直都是諸如此類的反應，感覺不到絲毫恐懼，反倒是好奇心太過旺盛，讓扮鬼的人不知該如何應對。

「妳真的有嚇到嗎？眼神閃閃發亮耶。」

「哎呀～我從以前就對鬼很感興趣～最愛的就是超常現象！所以能親眼見識讓我超興奮的！」

「原、原來如此。很少女生像妳這樣啊。」

面對身旁壓抑不住興奮之情的友里，我露出了苦笑。

話說回來，這種脫離既定模式的發展是怎麼回事？

換作是平常的話，我會和雛海一組，然後又發生問題——應該是像這種老套的發展才對。

事情沒有變成那樣，讓我內心充滿不妙的預感。

正當我一邊這麼想，一邊和友里前進時，她突然停下腳步。

「嗯？友里，怎麼了？」

「有岔路。」

友里說的沒錯，前方不遠處是岔路，還有兩個寫著指示的立牌。

其中一個寫著「試膽大會請走右邊」。

只要按照華老師說的，遵從這個立牌的指示就行了。

我打算就這樣往右邊前進。但不知何故，友里並沒有跟上來。

「怎麼了？」

「涼，我們別走右邊……走左邊看看好不好？」

「咦？左邊？」

「嗯，試膽大會開始前，我曾去看了一下導覽板。這條路走左邊也會抵達同一個地點喔，只是應該會多花一點時間。」

「咦，但走右邊不是比較好嗎？」

「反正還有時間，我們走左邊嘛。而且……」

友里忽地移開視線，小聲說：

「我有些事情想告訴你。希望我們能單獨相處一下。」

後來經過一番討論，我讓步了。於是我們便按照友里的提議，走左邊的路前進。

左邊的路當然極度安靜。

先前還會遇到陷阱，但現在走的這條路就遇不到了。

頂多只能聽到比較晚出發的組別在尖叫，以及野鳥的詭異啼叫聲。

在這個靜謐無比的空間裡，只有我和友里兩個人而已。

起初我有點緊張，明明剛才一點緊張的感覺都沒有。

原因應該在於友里說的那句話。

『我有些事情想告訴你。』

而且還刻意走這條不會有人打擾的路，製造兩人獨處的機會。

仔細一想，這種情況似乎滿不妙的。

「那、那個……涼，我可以說一件事嗎？」

原本靜靜地走著路的友里開啟話題。

「咦？可、可以啊。」

她沉默了一會兒後，露出憂愁的表情，開口說道：

「關於你的肩傷，有些話我必須告訴你。」

「……咦？肩傷？」

「嗯，我現在也不敢相信，但還是得告訴你。所以希望你聽我說……」

我點點頭。

「中午的時候啊，我問過你肩傷的事情吧？你說當時是為了救一個女孩，在車禍意外中保護了她。」

「對啊，因為她差點被車撞到，我於是衝去救她，結果反而變成我被撞到了。」

「要是我跟你說，那個女孩現在就在你面前……你會怎麼做？」

「咦？」

慢著，給我等一下。這、這是怎麼回事啊？

假如友里這番話為真，那我當時救的女孩……

「友里，妳就是當時的女孩嗎？」

沉默了幾秒後，友里猛地抬起原本低垂著的頭。

「嗯，當時的女孩其實就是我。」

第十五話 我的過去

就讀小一時的我——佐佐波友里，一個朋友也沒有。

大家都說我很陰沉，我也對自己的長相很沒自信。

現在回想起來，我好像缺乏自我肯定感。因為這個緣故，我沒辦法順利融入周遭人群，基本上都是獨自一人。

我在學校唯一說得上話的是一個女孩子，但她住的地方離我家很遠，而且我們不同班。所以沒辦法將友誼發展到能稱為摯友的地步。

我在學校一直都是一個人默默看書而已，幾乎沒有和大家聊天或玩耍。

大家給我取了這樣的綽號。

「頭髮亂糟糟的啞巴」。

我的頭髮蓬亂毛躁，又完全不說話。

所以才會被取這種綽號。

我總是成為大家嘲笑、侮辱的對象。這種生活讓我感到厭惡，於是就跟父母說不想去學校。

結果，我在一年級的春假搬家了。

轉去其他學校的話，或許大家就會接納自己。升上二年級後，搞不好會有什麼改變。

我心懷這樣的希望。

好想快點去不同的學校。

正當我抱著這個想法度過春假之際——

我遇見了一個人，命運從此大不相同。

那天是萬里無雲的晴天，我至今依然記得是個春風宜人的日子。

待在家也沒事做，於是我獨自跑到公園玩沙。

「欸欸！妳一個人在做什麼啊？」

有個陌生男孩朝我說道。

「咦……？那、那個……你是……？」

「我叫做涼！因為爸爸的工作，昨天搬到這附近來了！」

當時的男孩——涼，眼睛閃爍著光芒。

看得出來他很期待今後的生活與嶄新的邂逅，雙眼綻放出熠熠光采。

和當時的我完全相反，簡直是光與影的對比。

「這、這樣啊……可是，你不要跟我說話比較好……第一小學的大家都叫我『頭髮亂糟糟的啞巴』。」

「咦？妳念第一小學嗎？春假結束後，我會去那裡上學喔！因為我是二年級新生！」

「……咦？」

我到現在都還清楚記得自己嚇了好大一跳。

彷彿和我交換似的，涼轉學到了第一小學。

「太好了～這麼快就交到新朋友了耶！真開心！」

「啊，等一下。那個……其實，這個春假結束後，我就要轉到其他學校了……所以不能和你一起上學。」

「咦？真的嗎？」

「嗯……」

「這樣啊～好可惜喔～」

聽到這句話，我稍微安心了，因為我不想破壞涼在新學校的名聲。

要是跟我在一起，他會受到連累的。

我的外表長成這樣，不可能會有男生想跟我在一起。

我自顧自地如此認定。然而……

「那麼！在妳轉學之前，跟我一起玩吧！」

「咦？」

耳邊傳來了圍困心靈的厚重高牆破碎四散的聲響。

過去至今，從來沒有人對我說過「一起玩吧」這種話。我念幼稚園時沒有融入周遭，小學也是孤獨一人。

對我而言，一個人待著是很理所當然的事情，我深信自己絕對不可能跟其他人一起玩。

但是，拜剛才那句話之賜，這種固執的想法被擊碎了。

涼的話語實在讓我很開心，開心到想要再聽他說一次。

只不過，即使心靈不再遭到高牆遮擋，我依舊沒有踏出一步的勇氣。

一想到可能會遭到拋棄，我就感到非常害怕。

所以，我忍不住講出這種話。

「跟、跟我在一起不好玩啦……而且其他人看到你跟我在一起的話，你會被講很多壞話的。」

圍困心靈的高牆已消失，我卻把真實想法關在自己製造的硬殼裡。

無法鼓起勇氣，踏不出重要的一步。

面對擅自止步不前的我，涼這麼說了。

「那種事我又不在意！一個人孤零零的很痛苦，也很無聊啊！跟我一起玩嘛！」

涼這時候的眼神坦然直率，筆直地注視著我的眼睛。

沒有半分虛假。光是看到他的眼神，我就立刻明白了。

「你真的願意跟我一起玩嗎？」

我擠出所有勇氣這麼說，聲音卻相當小，不過仍得到涼的堅定答覆。

「當然啦！一起玩吧！」

「真、真的……？你願意跟我這種人一起玩？」

「嗯！」

如果握住這隻手，我的未來說不定會產生變化。

說不定能夠改變自己。

說不定能夠建立自信。

我鼓足勇氣，靜靜地用力握緊他伸出來的手。

「謝、謝謝你。請、請多指教喔，涼。」

「好！說起來我還沒問妳的名字呢。妳叫什麼？」

「我、我是友里！我叫做友里！」

「妳叫友里啊！請多指教！我們馬上來玩沙吧！我想做出很帥的城堡！」

「好、好呀！我、我也想做出公主會住在裡面的那種城堡！」

我們毫不在意時間的流逝，一直在玩沙。

很好玩，真的很好玩。

我都不曉得跟人一起玩是這麼快樂的事情。

要是能早點認識涼就好了。

總覺得自己已經很久沒有在家人以外的人面前開懷大笑了。

我都忘了，只要露出笑容，就會有種淡淡的幸福感。

於是，即將轉學的我交到了第一個男生朋友。

涼和我能相處的時間只有短短兩星期。

不過，我們完全不在乎那種事，在那天之後也幾乎天天玩在一起。

涼每天都卯足全力，跟我在一起看起來真的讓他很開心。儘管我起初感到相當疑惑，但也逐漸拿出了全力。

相較於放春假前，我變得更加活潑且朝氣蓬勃。

要是每天都能過這種日子就好了……

當時還是小一生的我如此想著。

然而，時間的流逝毫不顧慮我的心情。

那麼快樂的日子，終究迎來了尾聲。

搬家前一天——

涼說：「這是最後一次了。」帶我去之前遊玩過的山腳。

接著，我們一起爬山。

我在途中問涼爬上去之後要做什麼，但他什麼都不願回答。

「上去就知道了。」

他只說了這句話。

涼爬山的速度很快，我光是要追上他便竭盡全力。

當我感到疲累，腳也開始發疼時，涼突然停下腳步。

「終於到了！友里，這邊！跟我來！」

涼拋下我，一個人全速跑了起來。

「啊，等一下啦，涼！」

我全神貫注地邁步起跑，拚命地追在涼的後面。

男生的腳速果然很快，我花了一點時間才追上他。

就這樣穿過山路，來到某個廣場的瞬間——

呈現在眼前的景色，讓我不禁屏住了呼吸。

「怎麼樣，友里！很美吧！」

眼前所見的是……

令人感覺到春意來訪的大量花卉盛開，遍布周圍一帶。

油菜花、番紅花和連翹等許多花卉綻放著。

風一吹來，無數美麗的花瓣便漫舞紛飛。

那樣夢幻的景象，我到現在依然記得。

真的很漂亮。

「好、好美，真的好美喔！」

「對吧！我們不久前不是有來爬山嗎？我告訴雜貨店的叔叔後，他就跟我說了這個地方！然後我就決定道別的日子一定要讓友里看到這片景色！」

原來如此，所以他才硬是要把我帶到這裡來。

「謝、謝謝你，涼。我超開心的！」

「那就好！呵呵呵呵！」

受到涼的笑聲影響，我也大笑起來。

我覺得以後再也不會有一起歡笑的機會，於是用盡全力發出聲音，笑到無法呼吸的地步。

等彼此的笑聲平復下來後，涼眼神認真地說：

「友里，妳要對自己更有自信一點！妳超可愛的，跟妳在一起非常快樂。所以妳不要再覺得自己是沒用的人嘍。」

從涼的口中，說出了令人難以置信的一番話。

他說我「可愛」。

在學校，大家都說我是頭髮亂糟糟的啞巴，我對自己的長相完全沒有信心。

況且從來沒有異性對我說過這種話。

「你、你是騙人的吧？我……那、那個……可愛嗎？」

「對！再表現得更活潑一點，妳就會超受歡迎的喔！一定會變得更可愛的！聽我的絕對不會錯！」

「謝、謝謝你……我、我很開心。」

這時候的我，臉龐鐵定紅得和鮮紅色的蘋果一樣。

我到現在都還記得當下的喜悅。

反正我這種人……

雖然我總是像這樣滿腦子負面思維，但涼的這番話改變了我。

我頭一次對自己產生自信。

也許是這個緣故，我突然提出這種約定。

「那、那個，涼！在下次見面之前，我會變得更懂得打扮的！一定會成為更可愛的女生！所以……那、那個……下次見面的時候，希望你能繼續跟我當好朋友。我們以後也要一起玩……」

我用力閉緊雙眼，擠出所有的勇氣。

要是他拒絕，我該怎麼辦才好？

換作平常，我絕對會忍不住這麼想。但我這次努力鼓起勇氣，拚盡了全力。

如果現在不說，我絕對會後悔。

這種想法驅使我下定決心。

「妳在說什麼啊，友里，我們已經是好朋友了吧？不管是下次見面，還是下下次見面的時候，我們都一起玩吧！我很期待看到妳變得更可愛喔！」

「好、好呀！」

微風吹來，周圍花草搖曳。

我和涼互勾小指頭，立下約定。

不知道我們究竟什麼時候才能再見面。

儘管如此，下次與涼偶然重逢之際，我要讓他看到自己變得超級漂亮的模樣。

我堅定地在心中如此想著。

現在回想起來，這或許是第一次。

我第一次這麼喜歡一個人……

然而，在這之後。

悲劇便降臨在我和涼身上。

立下約定後，我和涼在天黑前下山，一起走在回程的路上。

在下次見面之前，沒辦法兩個人一起走路，也沒辦法看涼的側臉。

所以，最後我想牽住他的手。

不過有點害羞，內心深處躁動不安……

到頭來還是沒有牽到手。

當時的我，只能不時偷偷地注視著身旁的涼。

「我們下次見面會是什麼時候呢～」

涼抬頭看著染上紅霞的天空，這麼說道。

「不、不知道。不過，在下次見面前，我會好好學習打扮的。我要讓自己變得更可愛。」

「好！那我也得變得更帥，不能輸給妳才行耶～」

「涼、涼已經很帥了啦……」

「咦？妳剛才說什麼？」

「沒、沒事，你別在意。我只是在自言自語。」

可能是說得太小聲了吧，那句話沒有傳進身旁的涼耳中。

涼這個人偶爾會有點遲鈍，沒有被他聽到不知道是好事還是壞事……

「下次再見面的時候，我們也要一起玩喔！」

「好、好呀！創造更多回憶吧！」

下次再一起玩吧。

光是能聽到他這麼說，我就打從心底高興萬分。

多虧遇到了涼，我才會發生這麼多變化。不僅找回一點自信，自我肯定感也提升了。

而且……

我也體會到戀愛的感覺，總算有辦法發自內心去愛一個人。

下次見面時，我想讓他看到超漂亮的自己，也想跟他牽手。

想要再跟他一起玩。

我走在涼的旁邊，暗自在內心打定主意……

未料殘酷的命運突然造訪。

「有暴衝車！快躲開！」

走在前面的大人們同時喊道。

當時的我不懂「暴衝車」的意思，一聽到叫嚷聲就停住腳步。

「喂，你們兩個！立刻離開那裡！」

究竟發生什麼事了？

聽到這個催促聲，我才終於理解過來。

剛才大人們經過的前方……

有一輛車子高速朝這裡駛來。我清楚看見上面坐著一對老夫婦。

再這樣下去會被車子撞死，可能沒人救得了我。

第十五話

我的過去

即使心裡明白，我卻無能為力。

面對死亡逼近，我只能杵在原地不動。

我……即將喪命。我就要死在這種地方了嗎？

正當我這麼想時——

「友里！快逃！」

就在暴衝車臨近眼前之際，走在旁邊的涼將我猛推出去。

我的視野一陣旋轉，身體遠離暴衝車的直線行進方向。

多虧涼的幫忙，我勉強躲開了車子的撞擊。

向我伸出援手的涼卻沒有平安無事。

砰！

突然一道沉重的聲響撼動我的耳膜。

我起初完全搞不清楚狀況，但周圍大人們的反應讓我漸漸理解了過來。

「有個小孩被撞到了！」

「馬上叫救護車！」

「肩膀出血了！快處理一下！」

那道沉重的聲響，其實是暴衝車撞到涼的肩膀所發出的聲音。

剛才還走在我身旁的涼被撞飛到後方幾公尺遠的地方，倒在地上。

附近都是飛濺的血，看起來是重傷。大人們衝過去奮力處理涼的傷口。

在場所有人都圍繞在涼身邊為他擔心，我卻什麼都辦不到。我太過害怕，什麼都辦不到。

涼犧牲自己救了我。

這個現實折磨著我的內心。

我傷害了自己最喜歡的人。剛才還那麼有精神的涼，現在正流著眼淚，拚命忍耐劇痛。

那副令人心痛的模樣，我實在看不下去，也沒辦法靠近他。

本來要被車撞的應該是我才對。

結果涼卻……

是我害的，是我傷害了涼。如果我更機警一點，如果我有及時躲開，就不會發生這種事了。

涼也不會受傷。

要是涼死掉……都是我的錯。

我一再自我否定，不斷想像著黑暗的未來。

最後，我……只能站在原地哭泣。

大約五分鐘後，救護車抵達並將涼載走。而我唯一能做的就是默默地看著。
也沒辦法陪在他身旁跟他說說話。
連道謝的話都來不及說，我就這樣和涼分別了……

車禍發生的隔天——
搬完家後，我把自己關在新的房間裡。
「昨天傍晚，樂樂九町發生高齡駕駛造成的汽車暴衝意外，所幸無人死亡。但這起意外中有十人受到輕重傷。當時開車的九十歲男性駕駛供稱『車子突然就加速了。我沒有錯，是車子故障』。」
客廳傳來午間新聞的聲音。如果女主播說的是真的，就代表涼沒有死。
但他確實受了重傷。
說不定會留下後遺症。
倘若如此，責任毫無疑問在我身上。我想道歉，想見他一面。
可是，我連涼的家在哪裡都不曉得。

我現在沒有任何做得到的事情……

我蜷縮在床上，不斷責備著自己。

難道要這樣一事無成地結束嗎？

難道要這樣一輩子後悔下去嗎？

我是不是遲早會忘記涼的存在？

因為後悔，好不容易有所改變的內心即將再次被厚重的高牆圍困之際——

「在下次見面之前，我會變得更懂得打扮的！一定會成為更可愛的女生！」

我忽然想起那個約定。

是啊，沒錯。

不要再責備自己了。不要再哭泣了。不要再否定自己了。

畢竟……

立下那個約定後，我就決定要改變了。

我已經打定主意下次見面時，要變得更會打扮，成為更可愛的女生！

我要讓自己蛻變重生，產生自信！

未來和涼重逢之際，我要帶著嶄新的姿態，將「謝謝你當時救了我」這句話告訴他！

這份鬥志修復了我差點受挫破碎的心靈，給予我力量。

第十五話

我的過去

不知道我們何時會再見面。但為了迎接偶然重逢的時刻到來，我要改變自己！

從那天起，我開始致力於改變自己。

我央求媽媽購買最新的時尚雜誌，還嘗試改變髮型。

自己做得到的事情，我全都試著做了。

我希望將來再見到涼的時候已經是蛻變後的模樣，並親口向他道謝。

在能夠見到涼的那天來臨之前，我一直持續努力著。

第十六話 對不起

「原來友里就是當時的女孩啊……」

「突然告訴你這種事，想必你也不會相信吧。但我還記得跟你度過的那段短短的時光。我們一起去過山上、去過河邊，也用遊戲機玩過音遊吧。還在花田中立下了約定……」

友里的聲音越來越小，顫抖了起來。

然後，不知不覺中……

她的眼眶中溢出淚水。

那些淚珠撲簌簌地滑落她的臉頰。

「喂？友里，妳怎麼啦？突然哭了起來。」

友里只是低著頭不斷啜泣。我不明白她怎麼忽然間就哭起來了。

但看著她哭，連我也感到很難過。

沉默了幾秒後，友里抬起頭，一邊流著斗大的淚珠一邊說：

「我那時候沒來得及和你道別！你明明救了我，我卻什麼也做不到！什麼也沒有說！我一直……一直很想見你……」

友里緊握著自己的手，繼續說：

「對不起……你當時救了我一命，我卻連謝謝都沒說就離開了……一想到你可能會因為我而死，我就怕得什麼都做不了。這是我心頭上的疙瘩，一直折磨著我。真的很對不起……」

啊，原來如此。

我終於明白友里為什麼哭了。

雖然是令人感動的重逢，她卻難受落淚的原因是……

她對於自己在意外發生後立刻遠走高飛感到後悔。

我醒來時人就在醫院。坦白說，我對當時的事情記得不是很清楚。

而且當我的意識恢復清醒時，已經過去了好幾天。

即使友里不見蹤影也沒什麼好奇怪的。

面對內心煎熬但仍奮力說出這番話的友里，我輕聲說：

「妳別哭了，我並沒有記恨妳。儘管時間不長，我到現在依舊很珍惜和妳一起玩耍的回憶。能夠像這樣和妳重逢，我打從心底很高興。」

「為、為什麼……為什麼你要這麼溫柔？我可是逃走嘍！你明明是我的救命恩人，我卻一句謝謝都沒說！其實你心裡一定很恨——」

「絕對沒有那種事！」

友里話才說到一半，我便忍不住打斷她了。

嘴巴就是不自覺地突然動起來。

「目睹朋友即將送命，袖手旁觀才比較奇怪吧？我只是做了自己該做的事情，肩膀也因此受傷。但我並不感到後悔。」

「可、可是……為、為什麼你不恨我呢？畢竟……」

「是我自己想救妳，有什麼好恨的？妳沒有受到太嚴重的傷勢，對我來說就足夠了。妳沒事真是萬幸。」

「真、真的？你不恨我嗎？」

友里顫抖著嘴唇，眼眶湧出比剛才更多的淚水。

一看就知道了。只要看到她這副難受哭泣的模樣，就會明白一件事。

那就是友里究竟有多長的時間都活在後悔之中。

即使想說話，即使想見面，卻苦無辦法。

這種情緒經年累月下來，如今終於獲得解脫。

當然會忍不住哭出來。

我朝友里走近一步，再一步，然後——

我溫柔地抱緊她。

不是男友卻做這種事，可能會令人覺得不舒服。

然而，我只想得出這種方法來證明自己真的沒有恨她。

「友里，別再介意了，快恢復成平常那個活力十足的妳吧。我們以後還要一起玩，所以……妳不需要再自責下去。」

友里在我懷中小聲說：

「對不起，涼……真的很對不起……」

「我已經充分感受到妳的歉意，所以別再道歉了。」

「……嗯。」

友里那雙纖細的手繞到我腰後，用力地抱緊。

接著，她小聲地繼續說：

「謝謝你，涼……真的很謝謝你當時救了我。」

緊抱幾秒後，友里輕輕放開手，離開我的胸前。

我看了看她現在的表情——雖然眼睛紅腫，但沒有再流淚，原本充滿苦澀的表情消失無蹤。

「妳已經哭夠了嗎？」

「嗯，沒事了。總算把一直想說的話全都說出來了，謝謝你。」

「這樣啊，那就好。不過，真沒想到當時那個女孩就是妳。我完全沒有察覺到耶。」

聽到我這麼說，友里有些高興地倏然湊到我面前。

「怎麼樣？我有變嗎？有沒有達成當時的約定？」

「有啊，妳變得超可愛的。」

「謝謝你，涼。嘻嘻！」

友里最後露出惹人憐愛的笑容。

看到她的表情，我鬆了口氣。她心中的芥蒂應該已經消除了。

束縛著友里心靈的枷鎖遭到斬斷。

「好！繼續進行試膽大會吧！不加快腳步的話，老師會發現我們脫離路線的！」

「嗯！說得也是！那就走吧！」

我們都轉身向前，一起邁步走在陰暗狹窄的山路上。

雖然感覺還有一段很長的距離，不過就開心地邊聊邊走吧。

正當我這樣想時，走在旁邊的友里默默地牽住我的手。

「咦？」

面對這猝不及防的事態，我不禁內心一慌。

我看向友里，發現她紅著臉移開視線。

怎、怎麼回事？

她為什麼突然牽我的手？

「要、要是能再見面，我就想這麼做……」

「咦？什麼意思？」

「別、別介意！我只是覺得有點可怕才牽你的手。如果你不願意，我放開就是了。」

「這樣的話沒關係啊，我並不介意。」

友里牽著我的手，在山路上重新邁開步伐。

與她牽手的這段時間，我們意外地沒有交談。

我本來打算開個話題，但看到友里的表情便放棄了。

不對，應該說避免去打擾她吧。

她看起來很愉快，嘴角微微上揚。我覺得這時候與其聊天，不如保持沉默比較好。

我們牽手走了五分鐘左右，可以看見前方不遠處就是目的地。

馬上就要走完試膽路線了。雖然發生很多事，不過這也會成為一種回憶吧。

「差不多快到了。」

「真的耶！總覺得時間過得好快喔！」

友里現在臉上沒有絲毫苦澀或難過等負面的情感。

恢復成平常那個開朗又充滿活力的可愛友里了。

不過眼睛有點泛紅就是。

「再怎麼說都不能被別人看到我們牽手，放開吧。」

「呃，嗯，說得也是。抱歉。」

「沒關係啦，這又沒什麼。」

要是跟友里牽著手走到目的地——也就是在走完試膽路線的同學們面前現身——實在是很害羞的一件事。

我靜靜地放開手，繼續邁步走著。

只要爬上這條狹小的山路，就走完試膽路線了。

正當我在最後一刻鼓足幹勁，加快步伐速度之際——

「啊～抱歉，涼。我鞋帶掉了，你可以先走嗎？」

「妳一個人沒問題嗎？」

第十六話

對不起

「沒～問～題！放心放心！你就先走吧！」

「知、知道了……」

被友里推了一把後，我便繼續往前進。

雖然她的做法有點強硬，不過算了吧。

話說回來，能夠像這樣跟當時的女孩重逢，真的是一大奇蹟。

我覺得很高興。但發生這種幸福的事情後，問題就會再度降臨。

這幾乎已經可以說是註定好的發展。

正當我邊走邊思考這種事時——

「抱歉～！我終於綁完鞋帶了～」

背後傳來友里的嗓音。

同時也聽到用力蹬地的聲響。她是用跑的嗎？

「就快到了，加油——」

我看著前方，話才說到一半。

從後面過來的友里猛地拉住我的手臂。

突然發生這種事，我慌亂起來。而友里則小聲說：

「這是謝謝你當時救我的回禮。」

第十六話

對不起

緊接著，我的臉頰傳來一股柔軟的觸感。

起初，我完全搞不懂是什麼東西碰到我的臉頰。

但一將視線轉過去，我便立刻明白了。

友里拉住我的手後，朝臉頰印下一吻。

「妳？……咦？」

驚慌到極點的我，瞬間和友里拉開距離。

不、不會吧？

她剛才親了我的臉頰嗎？

在害羞與慌亂之下，我從頭頂到腳尖一口氣滾燙了起來。

看到我這副模樣，友里像個小惡魔似的露出竊笑。

「這是只屬於我們兩人的祕密唷。那我先走啦～」

彷彿什麼事都沒發生一般，她逕自走掉了。

這、這是怎樣啊？

用吻當作那時候的謝禮？難道友里對我……

不不不不不！

這不可能！

話、話說，國外不都是用親吻代替打招呼嗎？她那麼做一定也像是那種感覺而已，不可能是對我有意思！

畢竟我從來就沒什麼異性緣啊。

不過，我還是覺得哪裡怪怪的。

她果然還是對我……

啊，搞不懂！我完全搞不懂！

到底是怎樣啦——？

猜不出友里這麼做的目的，我陷入一片混亂。

無法消除的疑問，讓我的內心糾結不已。

◇◇◇◇

我和友里到達終點後經過三十分鐘左右，最後一組抵達集合地點了。

在等待所有人到齊的這段時間裡，我一直在欣賞夜晚的星空，意外地不會覺得無聊。

由於雲很少，可以清楚看見星星的光輝。非常漂亮，令人感動。根本不是星象儀所能比擬的。

只是，有一件事讓我很在意……
無論是我看星空，還是去附近的自動販賣機買水時，友里都一直帶著笑容跟我說話，還趁著其他人不注意，幾度偷偷牽住我的手。
儘管我很疑惑她為什麼要做這種事，卻沒有主動追問。
顧慮到友里的心情，我隱隱覺得陪伴在她身邊是最好的。
我沒辦法輕易忘懷友里當時哭泣的臉龐。
平常總是活力十足的友里流下那麼多眼淚，帶著微弱的嗓音淌下斗大的淚珠。
我深刻地感受到她是多麼想見我，又是多麼想道歉。
在友里的心情變得舒暢之前，我就陪她一下吧……
試膽大會結束，回去旅館時，我和友里始終沒有分開。
不過，雛海的視線不時停留在我們身上，讓我有點在意。
她看起來有些難過，一再注視著我和友里。
那並不是有話想說的模樣。
啊，我知道了。她望著我的眼神……
帶著些許羨慕。

第十七話 我的心意

試膽大會結束後是洗澡時間。

我泡在露天浴池裡，不斷回想著小涼和友里熱絡聊天的那幅景象。

我知道他們兩人本來就很要好。但是，感覺距離突然變得好近……

尤其友里一直笑著和小涼說話，還不時牽著他的手。

試膽大會中發生什麼事了呢？

我將嘴巴一併浸泡在熱水裡，噗嘟噗嘟地吐出泡泡。

就算向友里詢問情況，她也只是一臉開心地說：「咦？沒什麼呀～有些事讓我很高興而已啦～」

噗嘟噗嘟噗嘟噗嘟。

越是思考，泡泡就冒得越多。

真好奇。好奇得不得了。

我還是第一次看到友里和男生聊得那麼熱絡。

第十七話

我的心意

她該不會……愛上小涼了吧？

如果是這樣，很多事情都說得通了。

我猜，可能是試膽大會時發生什麼事，讓友里因此喜歡上小涼了吧。

不，她絕對是喜歡上小涼了。我們從國中就一直在一起，所以我感覺得出來。

原來如此，友里陷入新戀情了啊……

我很高興摯友有了喜歡的人，內心深處卻又湧現一股微微的躁動。

我想聲援朋友的戀情，也想幫忙推一把。

儘管如此，儘管如此……

為什麼我的內心一直如此難受？

為什麼我會感到嫉妒？

噗嘟噗嘟噗嘟噗嘟噗嘟噗嘟……

要是小涼和友里就這樣交往會怎麼樣？

萬一，小涼不再理我了……

萬一，小涼全心全意地喜歡上其他女生……

光是這麼想，我的心就痛苦地發出哀號。

我感覺到自己全身的細胞都不想承認這個現實。

這是怎麼回事？從剛才開始我就很不對勁。

正當我如此思索之際——

「噢！這不是九條嗎！竟然一個人獨占露天浴池，未免太奢侈了吧～我也可以進去嗎？」

露天浴池忽然傳來聲音。我反射性地循著聲音看過去，就看到華老師包著浴巾站在那裡。

「華、華老師！您是什麼時候進來的？」

「問我什麼時候？就是剛才啊。因為我比其他老師更想快點洗澡。我去妳旁邊嘍～」

比誰都想快點洗去今天一整天疲勞的華老師，就這樣泡進露天浴池，臉上浮現舒服的神情。

「哎呀～真是太棒了～說起來其他學生呢？我只看到九條妳而已耶。」

「大家都先出去了。我準備時花了一點時間，所以比較晚進來。」

「原來如此～哎呀～不過真的很舒服呢～只有兩個人的露天浴池簡直棒透了。」

「就是說呀。」

「……九條，發生什麼事了嗎？」

「咦？」

忽然間，華老師緊盯著我的臉龐，這麼問道。

華老師平常總愛開玩笑，比起老師更像是個大姊姊，現在的臉色卻顯得有些認真，

「沒、沒什麼事呀。」

「喂喂喂，警戒心別這麼高嘛。我們都是女生，有心事可以說給我聽喔。啊，妳該不會是在煩惱自己的胸部發育得太好吧？」

「咦？我、我才沒有在煩惱那種事呢！」

「妳怎麼滿臉通紅啊？我開玩笑的啦。稍微逗逗妳而已。」

我的臉龐猛地滾燙起來，噗嘟噗嘟地再一次吐出泡泡後，陷入沉默。

「雖然不曉得發生什麼事，但妳就說說看吧。別看老師這樣，我念書時可是很多朋友的談心對象，應該可以成為妳的助力喔。」

如果是平常的華老師，想必會捉弄學生，把學生耍得團團轉，是個滿愛欺負人的老師。

然而，看著華老師現在的眼神，讓我覺得她似乎很靠得住。

這裡目前只有兩個人。華老師一定也是明白這點，才會向我詢問心事。

「那、那個……老師，請、請您不要告訴任何人喔。」

我停止吐泡泡，眼神認真地注視著華老師。

「妳儘管放心，跟我說說看吧。」

在這句話之後，我開始訴說內心所懷抱的異樣感。

「那、那個……我從剛才就搞不懂自己的心情。滿腦子都是那個人的事情，明明沒事卻一直看他。我覺得自己這樣很奇怪。而且，看到那個人和其他人感情很好的模樣，我總覺得……心裡很躁動……」

我將手輕輕放在胸前，繼續說：

「我還是第一次遇到這種感覺，所以覺得很莫名其妙。」

「原來如此～九條，我聽懂妳想表達的事情了。我感同身受。」

「華老師，這是怎麼回事呢？我到底……」

「九條，妳現在罹患了一種疾病。」

「咦？疾病？」

聽到這句話，我不禁渾身僵住。

這是病？

儘管我沒有醫學知識，卻也從來沒聽說過這種症狀，難以置信這是疾病。

「這是很麻煩的疾病，每個人到妳這個年紀都會罹患一次喔。」

「很麻煩的疾病嗎？究竟是什麼？」

「這個疾病的名稱嘛……」

華老師抬起頭，望著夜空中閃耀的星星。她不發一語地凝視著星空幾秒後，揚起溫柔的微笑，這麼告訴我：

「叫做相思病。」

「……咦？相思病？」

我沒能接受這個回答，實在不敢相信。

畢竟從以前到現在都沒有喜歡過任何人的我，不可能會墜入情網。

「雖然我不曉得妳說的那個人是誰，不過妳毫無疑問是喜歡上那傢伙了。總是忍不住想著那個人，看著那個人。這只能說是愛情了。」

「但、但是我怎麼可能會喜歡上別人……」

「看妳的反應，應該從來沒有喜歡過別人吧。好，那我問妳一個問題。假如那個人和其他人交往，而且過得很幸福，妳會有什麼感覺？」

「什、什麼感覺……」

「妳試著捫心自問吧。」

我依照華老師所說的，調整一次呼吸後，詢問自己的內心。

假如小涼和其他人交往？

假如小涼和其他人相愛？

我閉上眼，嘗試想像那個畫面。

「如何？有什麼感覺？」

「……我覺得只要那個人幸福就好。但、但是……」

「但是？」

「那、那個……我心裡會很難受，覺得為什麼不是自己。」

「這樣啊。妳的內心很坦率嘛。」

「這就是愛情嗎？」

「對啊，這就是愛情。」

華老師繼續說：

「想跟那個人一起過著幸福生活，想待在那個人的身邊——只要有這種想法，就是不折不扣的愛情了。」

啊，我懂了。原來如此。

一想到那個人，心裡就會覺得難受，視線總會無緣無故地飄到他身上。

而且會忍不住一直想著那個人的事情。

這完全代表著……

我喜歡上小涼了。

第十七話

我的心意

因為比誰都還要喜歡他，看到他和友里感情很好的模樣，我心裡就會難受。
這是我有生以來第一次……這麼喜歡一個人。
「那我差不多要出去了。九條妳還要繼續泡嗎？」
「啊，是的。我還想再多待一下。」
「這樣啊，小心別泡到頭暈嘍。我先走啦。」
華老師最後溫柔地拍了拍我的頭，就這樣離開了露天浴池。
有和華老師談心真是太好了。我釐清了自己真正的心意。
不過，我可以談戀愛嗎？
畢竟我……

還沒向當時拯救我的男學生道謝。
他明明救了我，我卻什麼都無法表示。

連找到他都沒辦法。
即使如此，我也能談戀愛嗎……
還能獲得幸福嗎……

多虧有他，我現在才能活著。要是沒有他在，我早就死了。

如果沉浸在戀愛中，我可能會把感恩的心拋諸腦後。

我非常害怕會變成這樣。無論今後發生什麼事，我都絕對不能忘記感恩。

然而，即使蒐集再多資料，我卻依舊連個線索都沒有。

好想向他表達感謝。好想現在就告訴他。

然而……我辦不到。

唯有時間不斷地白白流逝而去。

我究竟該如何是好……

第十八話 談心

離開露天浴池後，我稍微思索了一下自己的戀情。

雖然知道自己有喜歡的人，但坦白說，我還沒辦法順利整理好這種心情。

內心既難受又躁動，忍不住一直想著小涼的事情。

好想要像友里一樣跟他拉近距離。

但該怎麼展開攻勢才好？

我很常看少女漫畫和愛情連續劇，如果拿來參考……

我回想了一下以前看過的愛情作品，卻意識到幾乎都有熱烈親吻的畫面，體溫於是一口氣飆高了。

再、再怎樣都不能立刻做那種事吧！無論如何都太……

我們還沒成為情侶，不可以那樣！必須按部就班來才行！

不過，像我這樣的人，可以獲得幸福嗎？

我邊思考邊走在中庭裡，正獨自仰望著星空的小涼隨即出現在我眼前。

這一瞬間，我清楚聽見自己的心跳「砰咚！」地猛然加速。

為、為什麼小涼會在這裡？難道他洗完澡就直接來這裡了嗎？

他穿著睡衣，我想應該是這樣沒錯。

「哎呀～真是漂亮耶～嗯？奇怪了？雛海，妳一個人在幹嘛？」

小涼發現了不知所措的我。

怎、怎、怎、怎麼辦？

「呃，那、那個，我、我……」

唉，完蛋了。知道自己喜歡他之後就會忍不住慌張起來，看在他眼中一定很奇怪。

好、好丟臉……

「難道妳是來看星星的嗎？」

「咦？啊，嗯。我泡澡泡得有點頭暈，順便來清醒一下腦袋。」

「哦，原來如此。不覺得從這裡看星空也很漂亮嗎？跟剛才在試膽大會時看到的又是截然不同的景象。漂亮得都說不出話來了。」

小涼看著美麗的星空，揚起笑容。見狀，我不知為何也開心了起來。

原來喜歡的人看起來很幸福時，就連我也能感受到幸福。

「嗯，確實非常漂亮呢。」

第十八話
談心

「對吧？我拍了好幾張照片喔。」
我們就這樣一起仰望夜晚的星空。
沒想到能和喜歡的人做這種浪漫的事情。
要是這樣的時光可以一直持續下去就好了……
或許是因為我思索著這種事情吧，我們之間暫時沒有對話。
即使想要尋找話題，我在緊張和慌亂之下也完全不曉得該說什麼才好。
與此同時，我又對陷入戀情的自己懷抱著相當程度的罪惡感，腦袋轉不過來。
我緊閉著嘴巴好一陣子。
「我看得很滿足了，差不多該回房啦。」
沉默了約五分鐘後，還想說小涼終於開口了，結果卻是說出這種話。
唉，已經要道別了嗎？
一點進展也沒有。生澀和罪惡感導致我什麼都做不了。
沒辦法像友里那樣拉近距離。
「雛海妳醒腦完畢也要趕緊回房喔，在這裡待太久會著涼的。那我先回房嘍。」
小涼轉身背對我，就這樣離去了。
光是看著他的背影，我就感到揪心難受，情不自禁地冒出想一直待在他身邊的想法。

好想繼續在他身旁聊天。好想聽聽他的聲音。

好想讓他知道我的心意。

腦中轉著這些思緒，雙腳便擅自行動了。儘管我不確定自己能不能談戀愛，但還是自然而然地追在小涼後面。

為了追上他而拚命奔跑。然後——

我緊緊抓住小涼的右手腕。

「咦？怎麼了？」

面對突如其來的事態，小涼轉頭看我。

我也不清楚自己在做什麼。

完全搞不懂為什麼要做這種事。

我很沒用，到現在還沒有報答救命恩人。

即使如此——

我也想拉近與小涼的關係，哪怕只有一步也好。

我不該談戀愛。這種事我非常清楚。

即使如此——

我也想朝前方邁進，哪怕只有一點點也好。

「小涼！你聽我說……我真的很慶幸能認識你。你總是會幫助我，陪伴在我身邊。但我覺得每次都是我單方面地依賴著你。所以，如果你有煩惱，儘管告訴我吧。我也想成為你的助力，支撐你走下去。」

我說到這裡先停住，深吸了一口氣。

接著，我筆直地注視著小涼說：

「我想待在你身邊……」

說出口了。我真的說出口了！

該、該、該、該、該、該、該、該怎麼辦？

一不小心趁勢說出口了啦。都是因為太在意要縮短彼此間的距離，結果就說出口了。

啊，好害羞。我怎麼突然講這種話呀……

我一個人臉龐唰地滾燙不已。真不想讓他看到這種模樣。

因為太窘了，我垂下頭，視線從小涼身上移開。

完蛋，已經不行了。

雖然我這麼想，小涼卻溫柔地說：

「可、可以啊，我又不介意。看到朋友有困難都會想幫忙，妳不必太放在心上。」

聽到這番話，我不禁抬起頭。

結果就看到小涼的視線移到旁邊，臉龐微微紅了起來。

看起來不像是在抗拒……吧？

「那、那就這樣。我該走了。」

「啊，好。晚安。」

我輕輕放開手，小涼就這樣離開中庭了。我靜靜地凝視著他那越來越小的背影。

稍微冷靜下來後，我再次對自己剛才的言行舉止感到疑惑。

為什麼我會突然說出那種話呢？

雖說是墜入情網，卻顯得有點粗暴了吧。

我這個人真是笨拙啊……

一方面這麼想，另一方面卻有件事讓我很好奇。

我剛才因為抓著小涼的右手臂，可以清楚感受到他的脈搏。

所以，我很好奇為什麼說出「我想待在你身邊」時，小涼的脈搏會加速。

然而無論怎麼想都得不出解答。不明白的事情，即使想破頭都想不明白。

「愛情真的很難以捉摸呢。」

我吹著夜風，又凝視了一會兒星空。

為什麼我在考國語測驗時揣摩得出登場人物的心境，現實中卻沒辦法如意呢……

第十九話 謝謝

與雛海在中庭道別後，我前往男生房。
雛海那番話到底是什麼意思……
她為什麼突然講那種事情……
然而很不可思議的是——
不知為何，我感到內心很充實。
心裡非常溫暖，讓我想再聽她說一次。
我還是第一次湧起這種感覺。
這股心頭上的異樣感究竟是什麼？
正當我想起雛海說的那句「我想待在你身邊」，一個人自顧自地沉浸在喜悅中之際……
嘟～嘟～嘟～
我的手機驀地響了起來。
怎麼突然有電話啊……

我看了看手機畫面，確認是誰打來的。

只見畫面上清晰顯示著「重度虐待狂王女」這行文字。

……咦？古井同學打給我？

不、不妙的預感占據內心。但不接電話也會導致事情變得很麻煩。

先接起來。要是她強逼我做什麼難題，就別理會她，直接逃走吧。

「喂……喂？」

「響了四聲才接電話，真慢呢。」

為什麼要數這個啊？一般不會數吧。

「沒、沒啦～只是發現得比較晚。」

「是喔～『發現得比較晚』嗎……」

咦，這種意味深長的口氣是怎樣？有點恐怖耶。

「所以妳找我有什麼事啊重度虐……不對，古井同學。」

「你剛才是不是打算說重度虐待狂？」

「真、真是的～古井同學。我怎麼可能講那種話啊？一定是訊號不好，聽起來很像而已啦。」

好險！對古井同學輕忽大意的話，真不曉得後果會怎樣。

「算了，不說那個。你現在立刻來我們房間。」

「什麼？去妳們房間？」

聽到古井同學這麼說，我忍不住反問回去。

「現在去妳們房間要幹嘛？」

「玩撲克牌啊。我本來打算等雛海回房間後，三個女生一起玩撲克牌，但還是希望再多一點人。你也過來吧。這可是能夠跟青春洋溢的女高中生一起玩耍的機會喔。」

「不要用那種話來釣我，我又不是中年大叔。」

「哎呀？難道你討厭青春洋溢這種形容嗎？那……」

「換成其他形容詞也一樣啦！」

這個人真的是動不動就冒出多餘的話。

「所以呢？你願意來嗎？」

古井同學這麼說之後，我稍微思考了一下。

包含我在內，班上男生有五人。所以我們沒有分房，全部都睡在同一個房間。

分組行動時，我沒能和其他人增進友誼，只能趁夜晚的時間來拉近距離。

互丟枕頭後，大家一起討論喜歡的女生——這是外宿時必不可少的活動。

要是錯過，將會對今後的交友圈產生影響。

抱歉了，古井同學，我以男生們為優先！

「真、真是遺憾耶～等一下班上所有男生要一起玩枕頭大戰，我正在房間裡做準備，所以不方便去妳們那裡喔～」

順便補充，尚未確定要玩枕頭大戰。

應該說在試膽大會結束後，我還沒和他們講過話。

雖然說謊是不對的，但這次就原諒我吧。

「是喔，很可惜呢。那我就掛電話了。啊，對了，掛電話前，我要告訴你一件事。」

「咦？什麼事？」

「掛掉電話後，你看看背後吧。拜託嘍。」

說完，古井同學便掛掉電話。

她最後那番話到底是什麼意思？

我一頭霧水地轉身向後，接著便看到走廊盡頭……

古井同學一手拿著手機，靜靜地注視著我。

……

啊，慘了。這下慘了。

我全身上下一舉流出冷汗。

古井同學一步一步朝臉色僵硬的我走近，然後靜靜地站定在我面前，揚起一抹微笑。

「你明明說自己在房間，怎麼會出現在走廊上呢？呵呵。」

咦？好嚇人，那是什麼笑容？太可怕了！超級可怕的啦！

「這、這是因為……」

我動作僵硬得像機器人似的別過臉，不去看古井同學的笑容。

即使如此，依舊沒辦法逃離古井同學的手掌心。

「我撞見你在中庭和雛海說話，於是就跟在你後面。直接回房有點無趣，才想說約你來房間玩。」

原、原來這個人看到那個場面了嗎！而且還跟蹤我，再打電話給我啊！

可惡！又被她擺了一道！這個人每次都超越我的想像耶！

「妳、妳看到了嗎？」

「對。雖然我不知道你們在說什麼，但看得一清二楚。」

「這、這樣啊。」

「那我帶你去房間嘍。你當然會來吧？既然堂堂正正地對我撒了謊，這點程度的要求你會答應吧？」

古井同學再度露出笑咪咪的表情。但那張笑容如今在我眼中只像是惡魔。

「好、好的，我會去……」

如此這般，我完美地落入古井同學的陷阱，乖乖地被她帶去房間了。

在女生房玩著撲克牌，沒想到氣氛意外地熱絡。

玩得還滿開心的，這倒也是個美好的回憶。

不過，當大家在歡笑之際，雛海臉上卻出現一絲鬱色，讓我有點在意。

發生什麼事了嗎？

儘管雛海的表情令人在意，但這時出現不得了的問題。

我們玩撲克牌玩得太投入，沒發現已經過了熄燈時間十一點。

要是被抓到在走廊上閒晃，一定得聽訓。

不過就這樣留在女生房也不行。

現在只能避開老師的視線，溜回男生房了。

我準備靜靜地離開房間，卻被意想不到的障礙堵住去路。

「這……不會吧……華老師就在房間前面監視情況啊！」

我從房門的貓眼窺探了一下外頭，結果發現華老師帶著看門犬般的眼神，坐在眼前的折疊椅上。

對於像我這種熄燈後還想走出房間的學生，她打算二話不說地狠狠痛打一頓。

華老師握在手上的木刀，看起來充滿不祥的氣息。

「為什麼要在這個房間前面監視情況啊？混帳！」

我忍不住埋怨起來。

在這種狀況下，我幾乎不可能回房間。絕對辦不到。萬一被抓到可沒辦法輕易脫身。

「怎、怎、怎、怎麼辦？這樣下去小涼就不能回房間了！該怎麼辦才好？」

雛海不知為何代替我驚慌失措起來。

古井同學則與她對比鮮明，態度冷靜地提議道：

「不要強行離開這個房間不就好了嗎？你乾脆住下來吧？」

「「……咦？」」

我和雛海脫口說出一樣的話。

這種提議未免太出人意料了吧……

「不不不，古井同學。再怎麼說都不可以這樣吧。」

「如果你現在離開這個房間，我們也會捱罵。更何況又不知道老師會監視到什麼時候。要等老師走了才能睡也很麻煩。而且我想早點睡覺。」

「咦？可是有男生在還是不好啦！」

這、這種不妙的發展是怎樣？為什麼古井同學如此冷靜？倒不如說，她的表情看起來像是已經猜到這個發展了。

嗯？等一下。所以她該不會……！

我走到古井同學旁邊，在她耳畔低聲講悄悄話。

「這、這難道是妳盤算好的嗎？絕對是這樣沒錯吧？」

「誰知道呢～？」

「不是，妳幹嘛裝蒜啊？」

「你誤會嘍，我根本什麼也沒做。」

「咦，真的嗎？」

「對，我只有跟華老師說：『熄燈後可能會有人跑出房間，最好監視一下情況。』除此之外什麼都沒做。」

「這不就是原因嗎！」

看來她又擺了我一道！

她竟然早就料到事情會變成這樣，才會硬是延長玩撲克牌的時間啊！

這個重度虐待狂！真的專門做出一些超乎我預想的舉動！

「雛海和友里怎麼看？我不介意他住下來。妳們兩個呢？」

古井同學忽視我的反應，視線轉向她們兩人，還是一如既往地不聽我的意見。

「唔～既然回不去房間，那就沒辦法啦！涼的話，我完全沒問題喔～倒不如說非常歡迎呢！」

我很高興友里這麼說，但這種狀況下實在無法坦然地感到高興啊。

「雛海覺得呢？」

「我、我覺得……妳們兩個都同意就沒關係……吧。畢竟小涼是個值得信任的人。」

喂，不會吧？古井同學以外的兩個女生竟然也都贊成啊？

「所以說，你就在這裡住一晚。沒問題吧？」

「可、可是……」

「沒、問、題、吧？」

「沒、沒有……」

果然如我所料……

經歷與友里的感人重逢後，接下來一定會遇到這種事……

到底為什麼問題接連不斷地找上門啊！

混帳！

太衰了吧────！

於是，我落入劇本設計好的結局，必須在女生房睡覺。我有聯絡一下班上男生，說自己有點事回不了房間……但願不會被老師發現。

順道一提，在撲克牌遊戲中全戰全勝的古井同學獨斷地決定了棉被的排列方式。

從左邊開始的順序是雛海、我、古井同學，再來是友里。

唉～這下絕對睡不著了。

確定要在女生房過夜後，經過幾個小時——

房內只聽得到女生睡覺的呼吸聲。而我的意識非常清醒。

可惡……果然完全沒有睡意……

不管看右邊還是看左邊都只有美少女。真的拜託放過我吧。

儘管打算早起偷偷溜回男生房，但我該怎麼熬過這段時間？

面對三個睡得毫無防備的美少女，我有辦法保持理性嗎？

不、不行不行！不准思考奇怪的事情！一思考就完了！

我硬是扼殺掉男人的欲求，提醒自己摒除一切雜念。

然而始終無法摒除。我越是在意，就越沒辦法摒除雜念。

唉，這下沒救了。是說，為什麼我的青春會一直風波不斷啊？

神明應該很討厭我吧？我都交不到男生朋友耶。

「唉～睡不著～」

我注視著天花板，輕聲嘀咕了一句。

這時，隔壁突然傳來聲音。

「小涼你醒著嗎？」

是雛海。

她身體朝向牆壁，讓我看不到她的睡臉。

「抱歉，我吵醒妳了嗎？」

「不是，你不用道歉。其實我也睡不著。」

「妳也是啊？」

「嗯，我思考了些事情。」

「思考事情？」

「與其說思考事情，應該說是煩惱吧。但不是什麼很嚴重的問題啦。」

煩惱啊……

回想起來，玩撲克牌的時候，雛海便偶爾會露出鬱悶的表情。

這讓我有點掛心，原來是因為有煩惱嗎？

「不介意的話，我可以陪妳聊聊喔。」

「咦？可、可是，又會給你添麻煩的。你平常已經幫助我很多了，不能再……」

「別放在心上啦，我們是朋友耶。而且說出來會比較輕鬆喔。」

「可、可是……」

「沒事的，說說看吧。」

雛海沉默幾秒後，就這樣面對著牆壁，語調和緩地說道：

「就、就是呀……我……那、那個……有喜歡的人了。」

「……咦？」

所謂的煩惱竟然是戀愛啊？

至今都沒有戀愛經驗的我，不可能對「千年一遇的美少女」的戀愛給出有用的建議啦！

真的假的啊……不過雛海硬逼自己說出了本來不想講的事情。

即使只在能力範圍內也好，我必須幫助她才行。

「原來如此。妳戀愛了嗎？」

「嗯，一想到那個人，我的內心就會躁動不已，感到難受；一看到他和別人在一起，我就會忍不住嫉妒。起初我對這股感覺很困惑，但後來我發現了，原來自己比誰都還要喜歡那個人。因為太喜歡了，才會感到在意。」

這樣啊……雛海墜入情網了嗎？竟然能夠讓這種絕世美女傾心，究竟是哪個男人呢？儘管我很好奇對方是誰，卻沒有主動追問。

畢竟我還沒有半個男生朋友，就算知道是誰，也沒有把握能提供有用的資訊。

「原來是這麼回事啊。所以妳玩撲克牌時偶爾會露出悶悶不樂的表情，是因為在思考該怎麼讓那個人喜歡上自己嗎？」

「沒有，並不是那樣。」

「咦？不是嗎？」

我不由得反問回去。依照對話的走向，我以為她是在煩惱要怎麼讓對方對自己產生好感，但看來跟我想的不一樣。

「那妳在煩惱什麼？」

對於我的問題，雛海和緩地答道：

「我在想自己可以談戀愛，可以獲得幸福嗎？」

「咦？」

她剛才說什麼……？

如果我沒聽錯，她說了「可以獲得幸福嗎」這句話吧？

這是什麼意思？為什麼要思考這麼負面的事情？

對於雛海剛才那番話，我要求她說得更詳細一點。

雛海隨即有些顫抖地說道：

「遭到隨機殺人魔襲擊時，有個男學生救了我。他是我的救命恩人，我卻沒辦法直接向他表達感謝，也找不到他。要是就這樣談戀愛，並且獲得幸福……我可能會忘掉對他懷抱的感恩之情。我很害怕會這樣，非常害怕，才會忍不住思考自己真的可以談戀愛嗎？可以獲得幸福嗎……」

聽到雛海真正的煩惱後，我陷入沉默。

她沒有直接向拯救雛海的男學生——也就是向我表達感謝。

然而，要是人生過得太過充實，她害怕自己會忘記這份恩情，所以遲遲不敢踏出一步。

雛海個性認真，又很為他人著想，即使遇到纏著自己要聯絡方式的人也會斟酌用詞和態度，避免傷到對方。

這種為他人著想的性格，現在反而折磨著她的內心。

如果就這樣放著不管，雛海的內心會慢慢崩潰。

絕對不能讓這種事發生。

必須幫助她，不然我當時救她就失去了意義。內心一旦崩潰，便再也無力挽回了。

更何況，看到雛海這麼難受，就連我也跟著難受了起來。

「妳不能這麼想，雛海。畢竟……妳比任何人都還要有權利獲得幸福。」

「咦？」

我無視雛海的反應，繼續說：

「報恩並不是只有表達感謝之情而已。即使無法傳遞話語，即使無法傳遞心意……只要妳每天過著幸福的生活，就是這世上最好的報恩方式。幸福地活著是很不可思議的一件事，因為會讓支持著自己的人們和周遭所有人獲得幸福。假如有人讓妳感到不開心，對方也只是自私自利，無法體諒他人心情的傢伙罷了。無論周遭說什麼，妳都不用感到迷惘。萬一有人否定妳，要我安慰妳幾次都可以。所以……妳儘管去談戀愛，盡情享受人生，然後……變得比任何人都還要幸福吧。」

我其實可以在這時候說出自己的真實身分，告訴她那個男學生就是我，她的感謝之情已經傳遞給我了——像這樣說出一切也沒什麼問題。

然而，我現在坦承身分的話，雛海將會陷入慌亂。

她好不容易要展開一段戀情了，我可不能妨礙到人家。

我並不是為了博取好名聲才救她的。

只是當下覺得必須伸出援手，於是就去救她了，僅此而已。

反而是我得向雛海道歉才行。畢竟她在那起事件之後爆紅，造成了她不少麻煩。

所以，雛海……

妳沒有必要迷惘、煩惱，或是感到痛苦。

「真是的……小涼你真的很厲害。無論我有多麼煩惱或難受，你總是會拉我一把。」

雛海的聲音有些虛弱。她面向另一邊，導致我看不到表情，但她現在應該正強忍著淚水吧。

「打起精神來了嗎？」

「……嗯，小涼所說的話讓我打起精神來了。我決定了，我要用盡全力享受人生、談戀愛，然後變得比誰都還要幸福。因為這就是我現在能給恩人的最大回報。」

「對，這樣是最好的。有辦法沉沉入睡了嗎？」

「嗯！謝謝你，小涼。」

看她恢復如常，我便安心了。

我的使命已經完成，接下來趕緊睡吧。

當我閉上眼皮，準備進入熟睡之際——

「對了，小涼。我最後還有一件事想說。」

這麼說完後，雛海便發出窸窸窣窣的聲響往我這邊靠近。

接著，她在我耳邊輕聲說：

「我比任何人都還要信任小涼喔。謝謝你。」

她的聲音和話語，讓我的身體一瞬間滾燙起來。

我反射性地看向雛海……

只見她的臉頰泛著淡淡紅暈，那雙晶亮可愛的眼眸正一眨不眨地凝視著我。

怦咚！

我的心跳像是遭到鼓棒敲打似的加速起來。

因為距離太近，我不由得嚇了一跳。

雛海露出滿足的笑靨後，身體便輕輕地轉向牆壁那側，就這樣睡著了。

剛、剛才那張笑容究竟是怎麼回事？

看到那種笑容，我怎麼睡得著啊！

實際上，當我總算沉沉入睡，已經是看到那張笑容的一個小時之後了。

不過，既然成功解決雛海的煩惱，就算扯平了吧。

比起感謝的話語，只要能看到妳的笑臉，我就心滿意足了。

第二十話 我的過去

嘟～嘟～嘟～

震動式的鬧鐘在耳邊響起，我於是醒了過來。

現在是早上五點。為什麼我要將鬧鐘設定得這麼早？

答案只有一個。

因為我要早點起床，悄悄溜回男生房。

這裡是女生房。不用說，這個樓層的所有房間都是女生睡在裡面。

如果我離開這個房間時被人撞見會怎樣？

光想都會發抖。

這個時間的話，想必幾乎所有學生都還在睡覺。只要趁機溜回男生房，我就能脫離這種危急情況。

揉了幾下眼睛後，我看向睡在隔壁的雛海。

「呼……呼……」

她的呼吸聲相當安靜，睡臉也超可愛的，簡直像是正在等待王子親吻的公主一樣。

我輕手輕腳地站起來，走到門前。

門上貼著一張便利貼。

「嗯？這是什麼？上面寫了東西。」

我拿下便利貼，閱讀寫在上面的文字。

『起床後來一樓大廳。當然要獨自前來。我等你。古井留』

一發現是古井同學寫的，我立刻往棉被的方向看過去。

不在。那個人不在，只有看到雛海和友里而已。

我剛才都在看雛海的睡臉，完全沒察覺到。

咦……她叫我出去幹嘛？

是說，為什麼古井同學會知道我幾點起床啊？

我撓抓著頭髮，靜靜地走出房間。

◇◇◇

「你真的來了啊，果然如我所料。」

抵達大廳後，就看到古井同學坐在沙發上。

明明這麼早，她臉上卻一點睏意都沒有，一如往常是張超然沉著的表情。

「妳怎麼知道我幾點起床？我應該沒說吧？」

我一問，古井同學便哼笑了一聲。

「你在想什麼我都清清楚楚。你打算一早起床回男生房吧？既然如此，只要我起得比你早就行了。」

「就算妳知道我在想什麼好了，怎麼會連起床時間都知道？」

我完全沒有跟三個女生提到起床時間的事情。儘管如此，古井同學卻比我早起，還事先在門上貼了便利貼。

如果不知道我的起床時間是做不到這種事的。

「你知道嗎？雖然不見得每種機型都可以，但手機是可以從鎖定畫面調整鬧鐘設定的。你睡著後，我偷看了你的鬧鐘設定。不過放心吧，我並沒有干涉到你的隱私。」

「原、原來如此……還有這一招啊。」

最近的手機可以從鎖定畫面調整鬧鐘設定，所以她利用這一點，查看我設定幾點的鬧鐘啊。

這個人真的每次都超前我一步。

「嗯？等等，妳是在我睡著後查看的？」

「對，因為這樣，我幾乎沒什麼睡。」

聽到古井同學這麼說，我的身體不由得僵住了。

既然她是在我睡著後才偷看手機……

「難道說，妳一直在聽我和雛海的對話？」

「與其說一直在聽，就是傳進耳裡了。因為你們在旁邊講話，即使不想聽也會聽到。不過友里好像睡得很熟，只有我知道你和雛海的對話內容。」

「真的假的啊？」

「嗯，你說了相當帥氣的一番話嘛。」

「別、別說了……我有一點害羞……」

我想起自己和雛海的對話，身體猛地滾燙起來。

好害羞。為什麼偏偏被重度虐待狂王女聽到了啊？

「妳叫我出來，不會是要談晚上的對話吧？」

「多多少少有點關聯，但我主要是想和你談個話。」

「咦？和我？就兩個人嗎？」

「對。」

古井同學注視著我，眼神和以往不太一樣。

儘管這一點令人有些在意，不過我沒有主動追問。

「雖然還是五月，但早上還是有微微的寒意。應該穿厚一點才對。」

「的確是有點冷。」

為了能夠兩人單獨對話，我和古井同學決定在旅館周邊散步。

如果在大廳談話，可能會被老師或其他學生打擾。

這裡四面環山，涼颼颼的寒意勝過朝陽的暖意。

「妳想跟我單獨談話還真是稀奇。所以妳要談什麼？」

我立刻切入正題。再多閒聊幾句也不是不行，但我更想快點回房間。

「關於那個事件，我有些事想要問你。只有我們兩人的話，你也比較能夠放鬆說話吧？」

「那是當然的，要是被其他人聽到就糟了。」

這世上只有一個人知道我的真實身分——那就是走在我身旁，外表看似小蘿莉，內在卻是重度虐待狂的古井同學。

她體諒我的心情，沒有告訴周遭的人，但我就此任由她捉弄也是事實。

畢竟是重度虐待狂，這也沒辦法。

「我很感謝你昨天陪雛海聊天解憂。可是，在聽你們說話時……不，我從很久之前就一直想不通，為什麼你不向雛海坦承真實身分呢？」

「咦？」

我感到不知所措，古井同學卻繼續說了下去。

「我明白你不想對周遭的人公開真實身分的心情，但為什麼不告訴雛海呢？她可是人人都認可的美少女，還被封為『千年一遇的美少女』。如果我是你，便只會將真實身分告訴雛海一人，藉此爭取更多的好感。其他人一定也會這麼做的。」

我懂古井同學想要表達的事情。的確，我可以只將真實身分告訴雛海，讓她對我更有好感。如果那麼可愛的女生對我表達感謝，視我為救命恩人，想必會是很愉悅的一件事吧。

不只我和古井同學會這麼想，其他人應該也一樣。

尤有甚者，說不定還能和「千年一遇的美少女」交往。隱瞞不說當然虧到不行。

一般都會想要私下偷偷表明真實身分。

「妳說的沒錯，一般都會這麼做……但我沒有資格做這種事。我沒有資格自稱英雄。」

第二十話
我的過去

「什麼意思？」

古井同學一臉疑惑地注視著我。

我開始訴說自己的過去，提起沒能拯救到的同學。

「我以前有個從小學二年級就很要好的朋友。對方是女生，我們幾乎每天玩在一起，感情很好。但升上國中的同時……她也開始遭到其他同學霸凌。」

「咦……？為什麼？」

「沒有理由，只是一群壞蛋剛好盯上她而已。一開始是從輕微的騷擾開始，結果一天比一天更嚴重，到後來她身上甚至殘留著遭到凌虐的痕跡。」

「有告訴老師嗎？」

「當然有，但每個老師都公務繁忙，沒有人願意管這件事。所以我決定自己來保護她，於是跟某人學習武術。這樣她以後就不會再受傷，無論何時我都能保護她。」

「原來如此，這就是你學習武術的原因啊。」

「對，可是……我沒能拯救她。在她受苦之際，我沒有陪在她身邊。後來她不知何時搬去其他縣，連一句道別的話都沒說。我沒有守護住自己最想幫助的人，錯失拯救她的機會。像我這種人……才沒有資格自稱英雄。」

我剛才說的字字句句毫無虛假，全都是真的。

沒能拯救她是事實。

沒能幫助她是事實。

什麼都沒做到也是事實。

像我這種人，絕不可能有資格擺出一副好人的模樣，自稱英雄。

儘管我是這麼想的……

「涼，看著我。」

聽完我這番話之後，古井同學平靜地這麼說道。

平常總是超然地露出小惡魔笑容的古井同學，這一刻的表情卻很認真。

她直勾勾地凝視著我的眼睛，身為重度虐待狂的那一面消失無蹤。

我還是第一次看到這樣的古井同學。

接著，古井同學沒有改變表情，輕輕將右手放在我的臉頰上，開口說：

「我沒想到你有那種過去。我明白你的心情了。要不要坦承自己的真實身分是你的自由，我不會再多說什麼。不過，請容我告訴你一句話。你不能一直惦記著過去。」

「咦？」

「你也要和雛海一樣往前走。既然沒能拯救到某個人的未來，就更要多去幫助其他人的未來。你一定辦得到的。在隨機殺人魔作亂時，只有你為了拯救雛海挺身而出。當大家都嚇得只顧著自己的性命時，只有你為了別人挺身而出。既然做得到這件事，便表示你擁有能夠守護某人未來的力量，所以向前看吧。無論從正面還是負面的方向來看，雛海都變得非常有名。今後依然會有一些怪人出現在她面前，到時候就要由你來保護她。隱瞞真實身分，當一個無名英雄。」

古井同學的這番話……

以及她放在我臉頰上的手……

兩者都是既溫柔又溫暖。

雖然她平常是個喜歡捉弄我並暗自竊笑的重度虐待狂，但當我遇到困難時，她終究還是會鼓勵我。

我拚命地忍住即將奪眶而出的淚水。

打死我都不要讓古井同學看到自己哭的模樣。要是她看到，一定會捉弄我。

「哭出來也沒關係喔。」

「誰要哭啊？」

「逞強是不好的。你的眼神可是在說『我可以哭嗎？』這樣呢。」

她真的很敏銳。為什麼看得出來啊？

「白痴，我再怎樣也不會在妳面前哭啦。」

「那真是可惜，我本來想拍照留念的。」

「竟然還想拍照！妳果然是個惡女啊！」

「對，我就是超級惡女喔。遇到值得捉弄的人就會不客氣地捉弄到底。」

說完，古井同學的手本來輕輕放在我的臉頰上，這時卻捏起我的臉。

「古、古井同學，還滿痛的耶……妳難得講出一番好話，這樣可就白費了。」

「捉弄人果然很快樂呢，尤其是你。」

古井同學露出小惡魔般的笑容。

但她的手緩緩放開我的臉頰，接著……

泛起溫柔的笑意後，她和緩地說：

「不過呢……我好歹也是會稍微關心一下朋友的。」

第一次看到古井同學的純真笑容，我張著嘴巴無法閉上。

宛如冰霜般性情冷淡，一找到機會就會捉弄人。

具有重度虐待狂傾向的她罕見地露出可愛的笑容，簡直是犯規啊。

「怎麼樣？有振作點了嗎？」

「嗯，完全振作起來了。謝謝妳，古井同學。我決定了……」

在朝陽的照耀下，我下定決心。

「我要在隱瞞真實身分的情況下，保護雛海……不對，不只是她。我要保護我的所有朋友。我也必須往前走才行。」

「沒錯，能聽到你這麼說真是太好了。」

古井同學的手輕輕放開我的臉頰，逕自走了起來。

「差不多該回房了，趁現在大家還沒起床。」

「也對。」

當我們邁步走回旅館時，鳥兒們開始發出清脆的啼叫聲。

各種鳥兒的叫聲此起彼落。

雖然我不懂鳥語，但不知為何，這個當下……

牠們聽起來像是在為我踏出新的一步感到喜悅。

與古井同學的晨間散步結束後，很快就迎來早餐時間。

我隨便找了個位子坐下。儘管兩邊沒坐人很孤單，我仍靜靜地獨自吃起早餐。

「發生太多事情了，感覺會成為另一種意義上永生難忘的回憶啊。」

以前一起玩耍的女孩其實是友里。

不小心在女生房過了一夜。

然後雛海有心儀對象。

好多事情接踵而至，我已經無法負荷了。

「為什麼我的青春會一直風波不斷啊？」

正當我獨自如此嘀咕之際——

「哦！坐在那裡的不是涼嗎～」

背後傳來了聲音。我回頭一看，發現是一早就滿面笑容的友里，身後還跟著雛海和古井同學。

「早安，有睡好嗎？」

「當然啦！倒是你有沒有睡飽呀～？我從小古井那邊聽說嘍，原來你一大早就回房啦～明明一直待著也沒關係。」

「要是被人看到我跟妳們在一起怎麼辦啊？」

「雖然你嘴上這麼說，但其實有點開心吧？啊，你該不會趁我們睡覺的時候做了些色色的惡作劇吧～？」

「怎、怎麼可能啦！我就是在睡覺啊！」

第二十話

我的過去

「是喔～真的嗎～？」

友里竊笑著走到我身旁，隨即從背後湊近我耳邊，悄聲說：

「不過，如果是涼，我倒是不介意喔。」

「……咦？」

我實在是嚇了很大一跳，身體都僵住了。

聽到女生說這種話，不可能一點反應都沒有。

她是……開玩笑的吧？

還是說真的？

這句爆炸性發言讓我的腦袋不由得一片空白，但還是立刻回問：

「友、友里……妳這句話有幾分真心啊？」

「誰知道呢～你自己想想看我有幾分真心吧～」

「我、我哪可能知道啊！」

「你很遲鈍耶～啊，對了，我有事要找社團的人，你們先吃吧，再見！」

最後眨了眨眼，友里便離開座位，去其他座位找別班的學生了。

友、友里這傢伙是怎樣啊？

我可以把那句話當真嗎？

不，友里的個性本來就比較輕浮，她可能是在耍我……

但也有可能不是在開玩笑……

啊～！搞不懂！完全搞不懂！

自從試膽大會過後，我覺得友里變了超多，將我們之間的距離拉得非常近。

是我想太多了嗎？

還是她對我……

不不不！

一定是我想太多了！友里只是愛跟人作對，沒有深思的必要。

而且我從來就沒什麼異性緣，可能只是我在幻想而已。

別抱持太多期待吧。不過是距離變得近了一點就擅自會錯意也不好。

儘管我對友里的言行舉止感到困惑，依然繼續大口吃著早餐。

「小涼，我可以坐你旁邊嗎？」

下一個跟我說話的是雛海。

「嗯，可以啊，雛海。」

雛海就這樣在旁邊的座位坐下，古井同學則坐在我對面。

我們吃著早餐，閒聊起來。

「小涼，試膽大會結束後，你和友里就變得很要好呢。昨天在房間玩撲克牌的時候，你們也一直黏在一起。是不是發生什麼事了？」

「這、這個嘛，的、的確發生了很多事，說來話長。」

「你、你們……該、該不會在交往吧？」

「咦？我和友里嗎？」

「呃，嗯。」

「哪可能啊？我們沒在交往啦。」

「這樣啊……我有點放心了。」

「咦？放心？為什麼？」

「不、不是，沒什麼啦！你、你別在意！哇……哇～這個麵包看起來好好吃唷～」

雛海莫名地漲紅著臉，立刻將麵包往嘴裡塞。

正當我對雛海的舉動感到疑惑之際，就發現坐在對面的古井同學不知為何露出詭異的笑容。

「古井同學，妳幹嘛看著我笑？」

咦，這個人是怎樣？為什麼要微微勾起嘴角？好可怕，太可怕了。

「沒事，只是覺得很有趣。」

「咦？什麼意思？」

「你何不自己動腦想想看？」

這種意味深長的發言是怎樣？真的很可怕耶。

不過，就算開口詢問，古井同學這個重度虐待狂也不可能老實告訴我。

「古井同學和友里竟然講同樣的話啊……」

我一邊發著牢騷，一邊大口吃著剩下的早餐。

經過試膽大會以及在女生房過夜之後，友里和雛海都變了。

友里克服過去的心靈創傷，雛海則是從煩惱中解脫，全心全意地投入戀愛。

她們兩個現在應該都看著前方，內心不再受到束縛，準備用盡全力享受當下的人生。

我很高興能幫上朋友的忙。但有一件事很奇怪。

不知何故，她們兩個與我之間的距離似乎變得比之前更近了。

隔宿露營第二天的行程，就由一早的這種狀態展開。

午餐過後才會啟程離開旅館。啟程前的時間要參加林業體驗學習。

大家跟著林業人員和當地居民一起學習林業知識，並進行體驗活動。

當然是分組行動。

友里和早上一樣拿我開玩笑，不時會猛然縮近距離。

雛海也與我寸步不離，一直靠得很近。

而古井同學則興味盎然地看著這一切。

林業體驗在奇妙的三角關係中結束後，我午餐大吃了一頓，填飽肚子。

由於熬夜後又在林業體驗時活動身體，我的體力幾乎都用盡了。

因此睡魔便在吃完美味的飯菜後來襲，我在回程的巴士上完全睡死。

後來聽華老師說，回程的巴士有八成的學生都在睡覺。

畢竟在回程的巴士上能做的事情，也只有睡覺了吧。

尾聲

在我們熟睡之際，巴士不知不覺間抵達了車站周邊的解散地點。

坦白說，我還想再睡三個小時，卻被華老師無情地叫醒了。

站在巴士車門確認所有學生都下車後，華老師便說：

「好～各位同學！隔宿露營到此結束！要把今天的回憶刻劃在青春裡喔。啊，再來就是務必直接回家，不要在路上閒逛，家長都還在家裡等你們。那麼解散吧！」

她以不帶一絲疲憊的音量講完最後的結語。

我想她應該很晚才睡，不過看起來好像完全不累的樣子。

真不愧是華老師。

好，隔宿露營也結束了，趕緊回家吧。

我拿著行李，就這樣走向地鐵的月台。

令人感激的是，在我抵達月台的同時，就看到我打算搭乘的那班車。

時間剛剛好。

車門打開後，我在車內的座位坐下。乘客還滿少的，有很多空位。

在抵達前繼續睡一下吧。

正當我垂下頭，防止別人看到睡臉之際——

「咦？小涼怎麼會在這裡？」

面前突然傳來呼喚我名字的聲音。

這道嗓音很耳熟。我心中已經大致有個底了。

「我要搭這班車回家。雛海也是嗎？」

「嗯！我有事要去奶奶家，所以才會搭這班車。可以坐在你旁邊嗎？」

雛海不安地歪著頭。

「可以啊，快坐吧。」

我將身體往右側靠。

「謝謝！」

雛海的不安表情瞬間化為笑容，在我身旁坐下。

與此同時，電車緩緩行駛起來。

「小涼，隔宿露營很好玩呢。」

「對啊，雖然發生很多事，但還是很開心。外宿太棒了。」

「嗯，真想再跟大家一起外宿呢。」

「下次的外宿是校外教學，得再等一年才行。」

「這樣啊……還很久呢。但我現在就忍不住開始期待了。」

「未免太心急了吧？」

「呵呵！說得也是。」

雛海微微一笑後，我們的對話暫時中斷。

只有電車搖晃的聲音環繞車內。

我偷瞥了雛海一眼，發現她的眼皮快要閉上了。

「妳就睡吧。」

「咦？」

或許是被我的建議嚇到吧，雛海往我注視過來。

「妳昨天很晚才睡，再加上早上的林業體驗學習，又更累了吧？妳睡著沒關係，到站時我會叫妳起來的。」

「可以嗎？」

「嗯。」

「那就恭敬不如從命嘍。」

雛海說完，便靜靜地將頭靠在我的肩膀上。

「這、這樣會給你造成麻煩嗎……？」

「不、不會，沒關係。」

雖然嘴上這麼說，我卻緊張得一顆心都快要跳出來了。

沒想到最後一刻會發生這種現充情節。

「抱、抱歉，還要麻煩你，請過二十分鐘左右再叫醒我。」

「沒問題，在那之前妳就好好睡吧。」

「嗯，謝謝你。那我就……睡一下……」

雛海緩緩閉上眼睛，隨即睡著了。

她的體重沉沉地壓在我身上，發出睡著的呼吸聲。

近看之下，她真的很可愛。

啊，這麼說來，我第一次遇到雛海也是在這輛電車上吧？

當時我們坐在彼此的對面，如今距離卻已經縮得這麼近了。

老實說，我不知道自己該慌亂還是高興。

不過，雛海……

我下定決心了。

無論今後發生什麼事……
無論任何時刻……
我都絕對會保護妳。

當一個無名英雄。

後記

大家初次見面！我是作者水戸前カルヤ！
感謝各位這次購買我的著作。
雛海與涼的戀愛喜劇怎麼樣呢？
如果能讓各位多多少少覺得「很好看！」或「忍不住竊笑了！」我會感到非常開心的。

本作其實是從カクヨム發跡的作品。
在比賽中拿獎……也沒有，亦即所謂接到邀約後才出版成書。
接到邀約時的感動，我至今依然記得。
心臟跳得飛快，我還捏了好幾次臉頰。
畢竟這可是來自那間Sneaker文庫的邀約耶！
我沒辦法簡單回應幾句就大方接受邀約啦！
人生會發生什麼事真是難以預料呢～

那麼，水戸前カルヤ成功出道為輕小說作家後，真正的戰役才正要開始。
輕小說界有很多重量級作家，必須贏過他們才能生存下去。
啊～職業作家的世界果然很嚴峻呢！真希望能出第二集～
除此之外！其實我還是大三生，即將展開就職活動。
咦？明明是作家卻要找工作？
抱著這種想法的你！想得太天真了！
職業作家的世界很嚴峻，我不確定自己當全職作家有沒有辦法維生。
而且我本身是大一的冬天才正式開始寫作的，身為作家的實力還遠遠不足。
唉～真不想準備就職活動……
自我分析、業界研究、職員採訪、實習……
要做的事情很多呢（笑）。
況且即使努力得到公司錄取，能不能在職場有所表現也令人非常不安。
就活、寫作、大學，然後還有輕小說以外的工作。
必須兼顧這四點才行，實在是艱難的挑戰。
相較於其他學生，我能夠用來玩樂和準備就活的時間很少。
但我完全不在意這點！

無論如何，我凡事都想全力以赴！

獲得理想企業的錄取，寫作和工作都更加進步，然後順利從大學畢業。

這是我的第一目標！

要是半途而廢，就會白白浪費難得的好機會。

因此，我水戸前カルヤ會竭盡所能地努力，不僅以一名輕小說作家的身分精進自己，也要成為出色的社會人！

還請大家為我加油！

最後……

我的責任編輯K，以及繪製可愛插畫的ひげ猫老師。

真的非常謝謝兩位！

尤其是責任編輯K，我過去給您造成了許多麻煩。

真的很抱歉——！

我不知道對不成熟的自己絕望過幾次……

但我很高興能像這樣出版本作！

另外也要謝謝ひげ猫老師！

插畫好可愛，真的畫得非常棒！

各位讀者，責任編輯Ｋ，ひげ猫老師。

我要向所有人致上感謝！

非常謝謝大家——！

國家圖書館出版品預行編目資料

在地鐵拯救美少女後默默離去的我,成了舉國知名的英雄。 / 水戸前カルヤ作 ; Linca譯. -- 初版. -- 臺北市 : 臺灣角川股份有限公司, 2023.12-
冊 ; 公分
譯自 : 地下鉄で美少女を守った俺、名乗らず去ったら全国で英雄扱いされました。
ISBN 978-626-378-292-1(第1冊 : 平裝)

861.57 112017364

Kadokawa
Fantastic
Novels

在地鐵拯救美少女後默默離去的我，成了舉國知名的英雄。 1

（原著名：地下鉄で美少女を守った俺、名乗らず去ったら全国で英雄扱いされました。）

2023年12月13日　初版第1刷發行

作者：水戸前カルヤ
插畫：ひげ猫
譯者：Linca

發行人：岩崎剛人
總編輯：蔡佩芬
編輯：邱瓈萱
美術設計：宋芳茹
印務：李明修（主任）、張加恩（主任）、張凱棋

發行所：台灣角川股份有限公司
地址：104台北市中山區松江路223號3樓
電話：（02）2515-3000
傳真：（02）2515-0033
網址：www.kadokawa.com.tw
劃撥帳戶：台灣角川股份有限公司
劃撥帳號：19487412
法律顧問：有澤法律事務所
製版：巨茂科技印刷有限公司
ISBN：978-626-378-292-1